【新版】日本の民話 別巻3

みちのくの和尚たち

及川儀右衛門 編

未來社

はしがき

仏の教えでは、いつわり、かざることばを狂言綺語として、十悪の一つにかぞえる。それにもかかわらず、経文はもとより、お寺の由来や、和尚たちの伝記には、今の世からはたくらまれた物語としか思われないものが少くない。けれどもそこにはいろいろなわけがあろう。昔の人は智恵の光りに恵まれることが少なかったが、そのかわりに信の力を身につけて、わが一身に与えられる多くのものを感得する点になると、今の世の私たちよりも、はるかにゆたかであったにちがいない。ことにそれらの人々と、これをみちびく和尚たちとのへだたりは、今日からは想像もできないほどにいちじるしくて、昔のことばで言えば「直《ただ》なる人にあらず」という、普通の人とはちがうものとして、和尚たちが尊信せられた。だから信者である普通の善男善女にして見れば、かえってふしぎということのない世界、自分たちと同じような平凡な世界というものには、かくべつ心がひかれなかったし、ありがたくも思われなかった。こうしてふしぎな因縁話、因果物語がよろこばれ、それがもてはやされ、語り伝えられたのである。

みちのくは、もろもろの文化について、久しく中央京畿のものを、うけいれることになれて来たが、とりわけ仏教というような外国から伝わったものについて見れば、ぴんからきりまで、すべてがうけいれである。したがって、みちのくの和尚たちの物語は、まだ開けない所を目ざして教えをひろめようと下向したり、花やかな京畿に道を求めて師についたりしたものを中心とする。そしてみちのくが後進地であったために、ふしぎな物語が一層ふしぎさを加えたかも知れないし、本来なら名僧知識についてのみ伝えられて来たものが、名もない和尚たちにも語られたり、またあべこべに味もそっけもない、平凡なものになってしまったこともあったに違いない。しかし、この書においては、特にふしぎをねらった物語を集めたわけではなく、また今の世からは信じ難いというためにはぶいたものもない。すぐれた和尚たちだけをとり上げて、名もないものには目をつぶったわけでもない。和尚たちの間で、または善男善女の間で、語り伝えられた形跡のあるものを、実話と伝説との別なく、私としてはいつわらず、かざらずに書き伝えようと思っただけである。

民話、民談を叙するのに、古代、中世、近世と時代をくぎることの是非については、相当に議論もあろうかと考える。しかしこれは物語そのものの本質がそうさせたのではなくて、第一部に収めた物語の主人公が、実は大部分が実在した人々であり、それに新古のわかちがつけられるという便宜から来たもので、昔話なり伝説なりの古い、新しいということとは、全く別の問題である。本来私がこれだけの物語にめぐりあい得たのは、中世におけるみちのくの仏教ととり組んだ、いわば副産物である。この物語集をつくるに当っても私の心のうちには、そういう燃えさし、余熱が不当にくすぶっている。仏の教えがしみこんでいく前に、何かそれとは別なもので、しかも新しい仏さまと結びつき得るものが、みちのくに残ってはいなかったか。高い教えをうけとめて、心をねり人間をみがくのではなしに、病気をなおしたりわざわいを避けるわき道だけにそれはしなかったか。和尚たちのはたらきや物語を考える場合にも、私はそういう誘いにかかって、幾度かよろめいた。つい筆がそうした方面にまですべったことは、かえりみて自ら否むべくもない。民話としては手をひろげ過ぎたというおしかりあらば、甘んじてうけるつもりである。

みちのくは、民話や民俗の宝庫とせられる。滞留十三年の間に、和尚たちについて、民話らしい形で伝えられているものを集め得たのが、この一篇である。もとよりひとりの力には限りがあり、また夜とぶ虫は光る螢だけではない。この書にもれた遺宝を更にひろくたずねることは、他日、リンゴの花さく国へ、カッコウの鳴く頃、旅の折にでも譲ることとしよう。かえりみれば、あまりに身近だった地域についてのみ、語りつづけたきらいがないではないからである。

昭和三十三年二月二十五日

大渓　及川儀右衛門

みちのくの和尚たち　目次

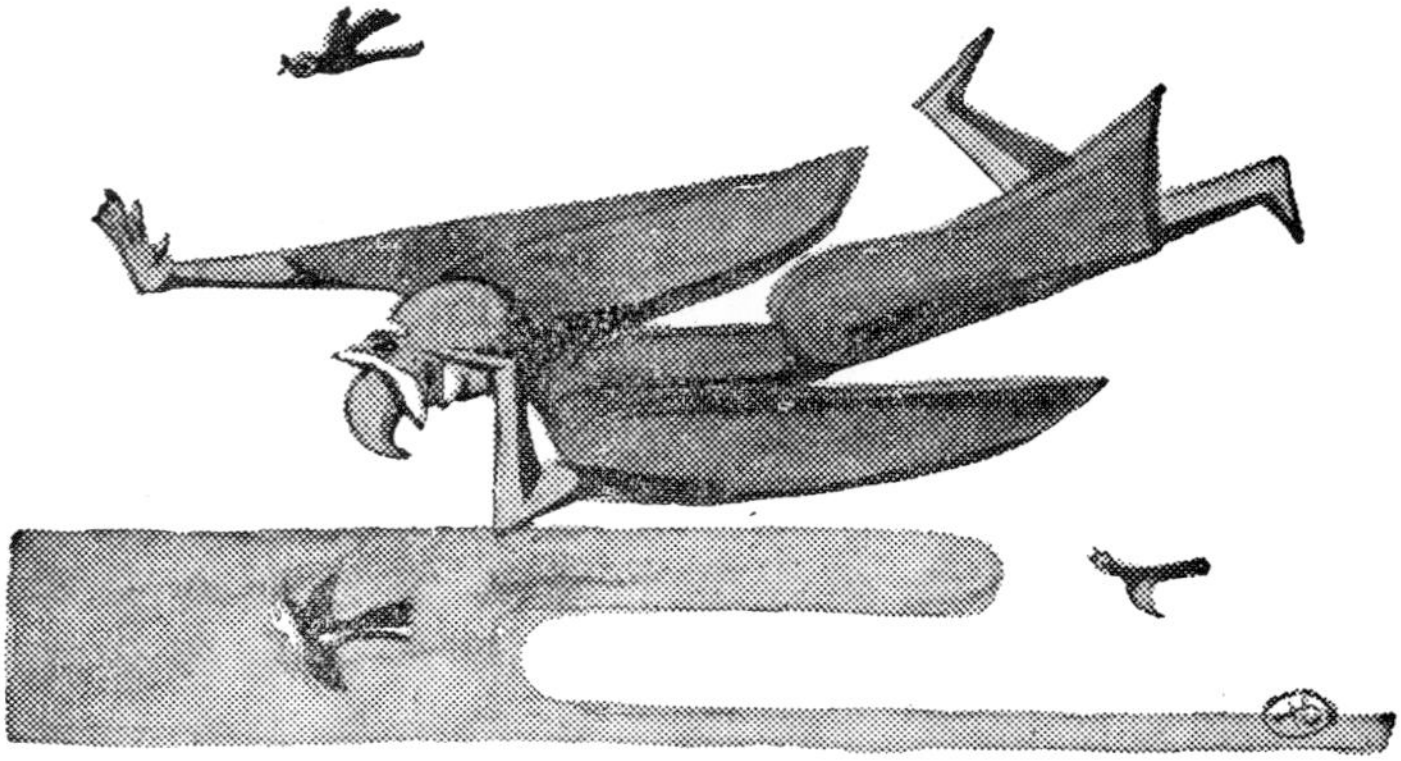

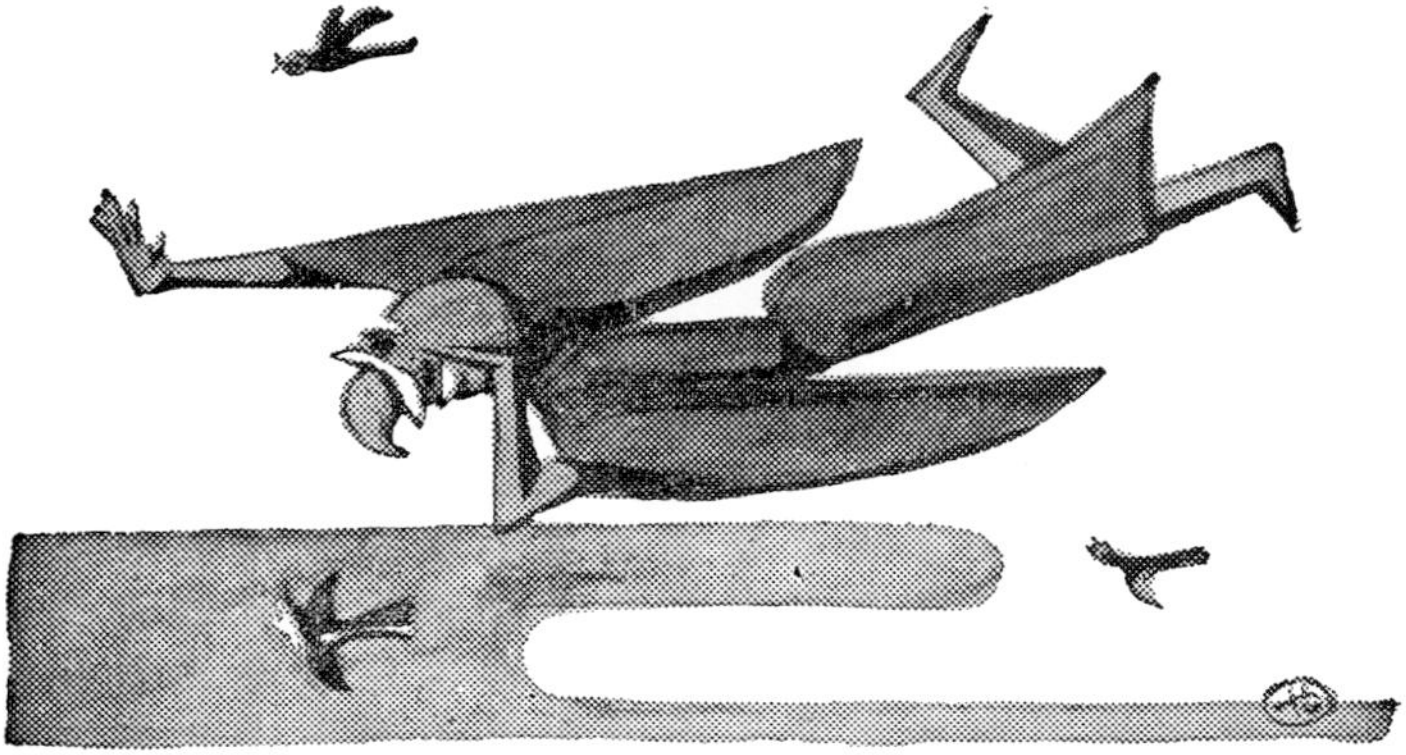

カバー・さし絵　松川八洲雄

第一部

古代

黒駒太子（まいりの仏）

黒駒太子とは聖徳太子のことである。太子は和国の教主と称せられ、日本仏教を開いた方で、あたかも印度の釈迦《しゃか》に当るものとして尊信せられたから、太子について語り伝えられることが、まことに数々ある。推古天皇の六年、太子は国々からよい馬をたてまつらせたことがある。そのとき、甲斐の国から、四本の足が白くて、からだは鳥のように黒い駒を献上したので、太子は調臣麻呂《つぎのおみまろ》に命じてこれをかいならさせられた。そしてその年の秋、太子はこの黒駒にのって空中にまいあがり、雲をふみ霧をわけて富士山上にいたり、さらに転じて信濃《しなの》の国から北陸路を経て、三日かかって都にかえられたというので、これから黒駒にのって雲をわけ、はるか下界の彼方に富士山をのぞみ、調臣麻呂がこれにつき従っている太子の絵像がえがかれ、これを黒駒太子とよばれることになった。

この絵像とは別に、聖徳太子を中心にして、これに仕えた蘇我《そが》馬子、小野妹子《いもこ》、高麗《こま》の僧恵慈、五経博士の覚哿《かつか》、百済《くだら》の阿佐《あさ》太子、新羅《しらぎ》から来朝した日羅《にちら》などという人々をまわりに配したり、あるいは前身なり御一代のことなりをかき添えて、聖皇曼陀羅《しょうおうまんだら》というものがつくられ、図絵におさめて掛物とし礼拝せられることとなった。陸奥《みちのく》ではこの黒駒太子、聖皇曼陀羅の絵を、ひとしくまいりの仏、十月仏、カバカワ仏などととなえ、山奥の村々にまで、これを礼拝する風が、今なおのこっている。

聖徳太子にはいろいろな物語があるけれど、陸奥に来られたという伝えはない。そして陸奥土着のエゾが仏教に帰したのもずっとおくれて、持統天皇の時、脂利古男麻呂《しりこおまろ》、鉄折《かなおり》などいうものが、出家して僧となり、また僧となった自得《じとく》は、仏像や仏具をいただいているから、聖徳太子がおかくれになってから、およそ七十年ぐらい後のことである。それにもかかわらず、このまいりの仏、カバカワ仏をおがむのは、もと寺のない村々で、死者があると、その枕元にこの絵像をかかげ、また穴をほって死人を埋めるときは、その穴ばたにこの絵像をかざして、死者が極楽浄土に行けるように、往生《おうじょう》のさわりがないようにと祈念したからである。またオシラサマの祭りにもこの絵像がかけられる。

一体聖徳太子は観音さまの生まれかわりと仰がれた方で、信濃の善光寺の本尊阿弥陀如来と、手紙のやりとりをされたということもあって、和国の教主といい、阿弥陀さまと親しい間柄である点から、極楽浄土への道案内をなさる方としては、最もふさわしく思われたのであろう。ちなみにカバカワというのは、高地などに生育する白樺《しらかば》の皮のことで、もとはこの皮にその都度《つど》絵をかいて、その時限りに用いたものであろう。今も岩手県北では、お盆にこのカバカワをお墓でたいて仏をまつる風がある。

みちのくには、聖徳太子をまつる太子堂が実にたくさんある。福島県信夫《しのぶ》郡土湯の太子堂にある聖徳太子の像は、十六歳の時の御姿で、よそからとんで来られたものであった。この時一人の猟師が鹿を追いかけ山に入ると、草むらの中から、

「これこれ一寸待って。お前さんわたしをおんぶして、山にのぼってくだされ」

という声がして来た。猟師があやしんで、

「そういうのはどなた」

とたずねると、

「わたしは太子だ。こうしてとんで来たけれど、誰もかまってはくれない。鹿はあとからとらせるからわたしを山にのぼせて祭りなさい」

という。草むらをたずねると、太子の像がころがっていたので、これを背負うて山にのぼり、その頂上にまつることになった。猟師はのぼって行く途中、藤のツルに足をとられてころんだため、枯枝にひっかけて像の目をついたので、太子像の目からは血が流れた跡があり、今でも土湯の人の片方の目が小さいのは、そのためだと言われる。そして太子の祭日には、鹿をたべてもタタリがないと言い伝えられて来た。


一般にオシラサマは、桑の木の枝先を六、七寸から一尺ぐらいの長さにきり、先端を男、女、それぞれの頭なり、顔なりに刻して、これに縫いもしない布きれをまとわせたものである。その着せ方にも、布片の中央に穴をあけて、そこから首だけ見えるようにした抜頭式のものと、頭の上からすっぽり布片で包んでしまって、頭も顔も見えないようにする包頭式のものとあり、

毎年一枚ずつ、古い布片をそのままにして、その上へ上へと新しい布片、つまり新衣を加えかさねて行くので、新旧の色とりどりに、美しくよそおわれる。また時には馬シラ、鶏《とり》シラというのがあって、雌雄の馬頭や鶏頭を刻したものもあるが、最も略式なものになると、木の棒や竹などをきって、それを布片でおおうただけのものがある。

ふだんには別に神だなや仏壇など、特別な祭壇があるわけではなく、木箱に入れたりして床の間、ちがいだなあたりに置いてあるが、祭りの日にはとり出し、小豆カユ、餅などの供《そな》えものをする。不浄をきらい、家人が四足（獣）、二足（鳥）を食えば、バチが当る。祭りをおこたると、家中に高い足音をしたりして家人に知らせ、その家が火事にあえば、古いホウキ一本位でこれを消しとめるが、意に満たないことがあれば、ひとりで他家にうつることもある。オシラサマは子供が大好き、子供たちの手でもてあそばれることをよろこぶ。だから祭りの日には、子供たちがあつまってこれを手にささげ、マンノウ長者の歌（豊後内山の真野長者の物語を歌ったもの）、呪文《じゅもん》などをとなえながら、乱暴にゆさぶりまわす。これをオシラアソバセと称し、それでとても満足してもらえると考える。もしこの祭りの日、これを祭る家にいたり、一度飲食したり、またオシラサマを拝したりしたが最後、その人は生涯を通じて、毎年祭礼に参拝しなければ、タタリがあるというわけで、祭礼毎に米一升にいくばくかのサイセンを添えて持参、これを礼拝し、飲食を供せられる。何か昔の同族団にでも見られそうな縁が結ばれる。

近畿から近江、越前のあたりに行われるオコナイという春祭りは、別に司祭者もない村人自営のもので、家々で必ず二本の祝棒をつくり、これを福杖《ふくつえ》と称しているが、いつから祭って来たものか、何の神であるか、誰も知る人がなくなったオシラサマは、今ではイタコ（巫女）の守護神みたいになった。イタコとは死者の霊を招降し、口寄せを語る女の祈禱師《きとうし》であるミコのことで、イタコのもちまわるオシラサマは、異相の人の頭骨でつくってあるなど説かれる。しかし一般の民家にも、まだまだ相当に祭られている。

こうして正体のわからぬままに、オシラサマは原古の家の神ということで説明せられているが、しかしどの家にも祭られているというわけではなく、これを祭るために家筋がきらわれたりすることもない。かんたんなところで一体、ていねいな家では一軒で五対、六対もまつっているが、仏教の流布する前に、イハイがわりに、その家の世代毎につくられたからであろう。そして和尚たちが先祖まつりをする前から、イタコ（ミコ）がこれを祭って来たものであろう。今これを養蚕の守護神というのは、桑の木からのこじつけで、仏教以前、僧侶以前のオシラサマと、カバカワ仏、まいりの仏と同居するところに、みちのくらしい趣がある。オシラサマは宇都宮辺が南の限界だといわれる。

註1　カバカワ仏、マイリの仏は、みちのくでは修験筋《しゅげん》、その他の旧家に保有せられるが、それをもっている家にはまた大抵オシラサマを祭る。オシラサマは一にオクナイサマとも称し、もとは東国、北陸などにかけて、あちこちに祭られたものらしい。今でも所により、オシラホトケ（後仏）とも、オシラカミともよんで、神であるか仏であるか、その性格もきめにくいが、仏祭りをはじめる正月十六日から、毎年祭りがはじめられるのを見ると、やはり仏に類するものであろう。今ではほとんど東北地方特有のものとなり、それもだんだん旦那寺《だんな》に納めたりして、これをまつる家が少くなった。

注2　日羅は今の肥後、葦北《あしきた》の国造アリシトの子であった。宣化天皇の世、大伴金村の命をうけて百済《くだら》に赴き、とどまって達卒《だそつ》という官となり、賢くて勇、敏達天皇の十二年、これをよび返して、亡びた任那《みまな》の国の復興のことをおたずねになった。そこで日羅が答えまつるには、まず民力を養い国力充実をはかること三年、かくて多くの船をつくり、港ごとにこれをつらねて、隣邦から来る人々に見せて置いて、さて使者をやって百済国王を召し、もしまことに来朝しなければ、王子を召し罪を問うべきであることを奏した。あるいは百済人が相謀り、船三百をつらねて筑紫《つくし》（九州）をたまわりたいと願って来ようとの世評もあるが、もし果してそういうことになったら、だましてこれを与え、彼からこれを経営せんがため、女子小人までも船にのせて渡って来るのをうかがい、壱岐、対馬に兵を伏せてこれを殺し、要害のところには、城塁を築いたら、再びそんな野心を起すことがあるまいことをも申しあげた。されば百済から同行した恩率《おんそつ》トクニヨヌカヌチ等のため、忌まれて、殺された。はじめ日羅の身から光を放ち、火の焔のように見えたので、恐れて近づかなかったが、年の暮になると、その光が見えなくなったので、日羅をたばかり殺した。しかし事があらわれ、百済の使者たちは、葦北の国造家にあずけられた。葦北国造はこれをうけ、殺して今の姫島に捨てた。日羅は故里の葦北に葬むられた。

註3　宮城県玉造郡上野目の一栗にある天王寺は、聖徳太子の創建で、古く天台宗、その四天王像及び太子像は御自作と伝えられる。その後鎌倉時代に、宋から来朝した大覚禅師が中興して禅宗に改宗、山中に物部守屋の碑があって、建武三年三月三日、その七百回忌に、楠木正成が供養して建てたことを刻するという。珍しい伝えであるので、そのままに書きとめて置く。（封内風土記）

定慧と山の寺

僧定慧《じようえ》は、大化の新政の功臣である藤原鎌足の子、唐に遊学しているうちに父がなくなった。帰国してまず弟の不比等《ふびと》に、父の墓のあるところをたずねると、摂津の阿威山《あいさん》に葬むってあるとのことである。しかし定慧は父鎌足から、いつか大和の多武峰《とうのみね》がすぐれた土地で、あたかも唐の五台山さながらであり、それにまさるとも劣らないところであるから、わが亡き後にここに墓をつくらば、一家が栄えるだろうと言われたことがあった。そして唐の都長安の慧日《えにち》寺を出でて、五台山にのぼった定慧は、夢に大和の多武峰に遊び、父がすでに天にのぼったので、帰国の後、ここに寺をたて仏に仕えたら、父もまたそこにくだり子孫を守ろうと告げられ、もはや父がこの世を去ったものと思い、その墓のしるしに十三重の塔をつくるつもりで、その材をととのえて帰国した。

かくて帰国の後、父の墓を阿威山から多武峰にうつし、塔をたてかけたが、十二層まではできたけれど、最後の一層だけが船につまれないで、唐にのこして来ていることに気がつき、せっかくの心づくしが、未完成の塔に終りそうなのを心残りに思った。すると一夕雷電はなはだしく、風雨が山をふるわすばかりの大嵐があって、翌朝からりはれた空を仰ぐと、その十三層目の余材が唐からはるばるとんで来て、塔はひとりでにできあがっていた。弟の不比等も、びっくりしたり喜んだりして、文珠菩薩《もんじゅぼさつ》の像をつくって塔内に安置した。

宮城県宮城郡七北田《ななきだ》に、俗に山の寺という竜雲山洞雲寺というお寺がある。この寺を定慧が開いたのは、文武天皇の御代のことというから、陸奥では、一番位古いものと言ってもよかろう。その頃近くに風がわりな夫婦がすんでいた。夫の名は大菅谷《おおすげや》、妻を佐賀野《さがの》といい、いつまでも紅顔で美しくて老いず、年がいくつになるかも知れないで、よく五、六百年前のことを話して、きくものをおどろかしながら、姿は少年、少女とちがわなかった。定慧がこの地にくだると、この大菅谷の家を宿としたが、その屋敷というものがひろい地区をしめ、山が高く谷が深く、泉があまくて水がきよく、土地がこえて草も木もゆたかにしげり、九十九の峯が四方をかこみ、九十九の谷が南に落ちて川となり、その形があたかも蓮の葉ににていた。そこでこの霊地に、何とかして寺を建てたいと思う定慧は、大菅谷夫妻に相談してみたけれど、夫妻もまたこの土地を失いたくないと言ってきいてはくれなかった。定慧は一計を案じ、自分のもっている錫杖《しゃくじょう》のとどくかぎりの土地をゆずりうけて、そこに庵を立てたいからと相談した。夫妻は錫杖のとどくだけならわずかのことであると思って、よろこんでこれを諾したが、さていよいよその境をきめる段になると、ふしぎなことに定慧の錫杖がのびて、大菅谷の屋敷がまるまるその境内にはいることになった。夫妻は約にそむくことができないで、根白石《ねのしろいし》にうつって、その屋敷を定慧にゆずった。定慧はここに寺をたて、蓮葉山円通寺と称し、観世音を安置した。征夷将軍坂上刈田麻呂と、この菅谷の里の宮内《みやうち》長者の娘阿久玉姫との間に生まれた千熊丸（後の坂上田村麻呂）が、少年の日に文を学んだのはこの寺で、京に帰る日がすみやかにめぐり来るように祈願したのもこの寺の観音さまであったと伝えられる。

円通寺は一に佐賀野寺といい、弘仁の頃、慈覚大師円仁の手で再興せられ、南部の円通寺、名取郡秋保の釈迦堂、羽前最上《もがみ》の立石寺《りゅうしゃくじ》とともに、ひとしく「山の寺」と称せられた。しかしその後、淳和天皇の天長年間、勘新太長者の妻フミ女の執念により湖中に没し、吉野朝の頃、加賀大乗寺の明峯素哲《みょうほうそてつ》により、今の竜雲山洞雲寺として再興せられた。

寺が湖の中に没してしまうなど、ふしぎな話であるが、頃は後土門天皇の文明十一年十一月十八日、京都東福寺末である豊後の万寿寺という禅寺が、住僧百余人とともに、一晩で急に地の底へもぐり、池となった話がある。この寺は富貴であったので、和尚たちのゼイタク三昧《ざんまい》な乱行が目にあまるものがあり、わずかに小僧二人がたすかった。まことふしぎなこととして、京都まで語り伝えられたことを中御門宣胤《なかみかどのぶたね》という人が、くわしく日記にかいている。

温泉で名高い別府に行くと、坊主地獄というものがある。地獄の底からぶくりぶくりとふき出す泥が、坊主頭のようなまるい形もするけれど、ここにその万寿寺が沈んで、和尚たちがおちていった地獄から、大きなため息を、時々もらしてよこすのだそうである。

さて話は前にもどって、素哲によって再興せられた山の寺洞雲寺に、まだまだふしぎなできことがつづいた。称光天皇の応永元年、この寺に遠江浜名出身の梅国祥三《ばいこくしょうぞう》という僧がやって来た。奥州巡歴の途上のことである。寺のうしろに岩をくりぬいた坐禅窟《ざぜんくつ》があったので、祥三はこの岩屋で坐禅をしていると、どこからか眉目美しい男女が来て、岩屋の前に花をささげ、菓果をそなえて、一日じっとすわりつづけ、夕方になるとだまって帰って行く。ふしぎなことだと思っているうちに、ある日のこと二人ともさめざめと泣き出して、日がくれても帰ろうとしない。そこで祥三からわけを聞くと首うなだれて、

「私たちはもとこの山中の湖に住んでいた毒竜ですが、素哲和尚の法力を恐れて逃げたものの、かさねた悪業のため、どうしても人間に生まれかわることができないのです」

と、いかにも悲しそうに涙を流しながら、その悪竜になったいわれを物語ってくれた。そこで祥三はこれをあわれみ、二人に菩薩戒《ぼさつかい》という成仏へのみちびきを与え、男には天心道高禅男、女には海眼妙清禅女という法名までつけてやった。二人は大いによろこび、あつく礼をして立去ったが、しばらくするとまたやって来て、二つの牙を和尚におくり、和尚の法力によって悪業の因縁《いんねん》がたちきられ、安らかに成仏し得たことを謝し、再拝してにこにこと帰って行った。今もこの竜牙は、寺宝として保存せられる。

注　毒龍については、『みちのくの長者たち』に収めた「阿久玉姫と長者たち」の条、「勘新太長者」の条参照。
豊後万寿寺没落のことは、宣胤卿記の文明十二年二月六日の条にある。

その後もこの洞雲寺には、すぐれた住職が来たようで、仙台侯伊達吉村の代には、その東山にいた時代からの雅友で、肥前徳久氏出身の行寧という儒僧を、わざわざ佐賀侯を介して仙台に招き、ここに置き、行寧は洞雲寺中興第一祖と称せられ、寛延二年十月、八十四歳でなくなった。

行基と徳一

生きて菩薩といわれた行基《ぎょうき》は、大和薬師寺の僧、和泉《いずみ》国大鳥郡家原の高志《こし》氏の出身である。法相宗《ほっそう》ながらに弥陀如来の西方浄土への往生や、弥勒《みろく》菩薩の出世上生をもあわせて教えたので、都、田舎をおしなべて、僧俗これに帰するものが多かった。聖武天皇の東大寺建立や、諸国の国分寺の経営をおたすけして、あちこちと巡教せられたから、みちのくにもその入口の岩代国西白河郡古関、すなわち白河の関にある満願寺をはじめ、遠くは陸奥国二戸《にのへ》郡浄法寺の天台寺に至るまで、行基によって開かれたと伝えられる寺があり、水沢市黒石のような山間までもはいりこみ、黒石寺《こくせき》をつくったといい、行基の作という仏像もあちこちにある。行基がほんとうにみちのくまで来られたか否かは詳かでない。今日の仙台市には、全国で一番という大規模な国分寺が建てられていたから、来られてもせいぜい仙台まででではなかったかと思われる。そしてその頃の仙台は、萩やカルカヤの生いしげる宮城野であった。その他の寺は、門流の手で開いて、師僧行基を開山にいただいたものであろうと考えられる。

常陸の筑波山寺にいた僧徳一は、法相宗徒であるというだけで、どこの人かも詳かでないが、道風が高くて弟子たちが多かったことで知られる。その頃、一般に僧徒の生活がゼイタクであるのを見て、徳一は甚だこれをにくみ、やぶれた衣をまとい、すりきれたハキモノをはき、豆の葉、アカザなどを食い、そのあたりの百姓たちよりもつましい生活をして、一向平然としていた。一体この頃の僧たちは、いわゆる知識であって、外国の風をもとりいれ、社会一般の人々よりも、もの識りであり、したがって尊敬もうけていたから、しぜんにおごる心がたかまり、だんだんゼイタクになって、むさぼり、ほしがる餓鬼道《がきどう》におちて行った。そういう欲にかり立てられて、とどまるところを知らない人々に対し、ことわりをさとして正しい道を知らせるための和尚たちには、自ら奉ずることをうすくし、つましい生活をすることが教えられて、これを杜多《とた》の行と言ったもので、徳一は実にこの行を行じたものである。そしてみちのくにうつり、今の福島県には、磐城の南部から岩代にかけて、多くの寺を開いたことが伝えられている。岩代の磐梯山の慧日寺でなくなったが、いつまでも全身がくずれなかったといい、地蔵尼と言われた平将門の女如蔵が、後に来って庵居したのは、この寺のそばであった。

徳一は伝教大師最澄と同じ時代の人で、弘仁八年仏性鈔という本をあらわし、法華のことを論ずると、同じ年最澄は、照権実鏡、翌年には守護国界章をあらわして、徳一を論破した。徳一が来たみちのくに、最澄の足跡をたどり得ないのは、そうした関係があったかも知れない。

日蓮上人の六大弟子の一人に、駿河生まれの日持という僧がある。姓氏も詳かでないが、仏道に志して比叡山にのぼり、慈覚、智証の山門、寺門の流れを併せて学んだけれど合点がいかず、自らを疑い、師を疑い、また法を疑うという三疑のさわりのために、山を下って帰国した。今ならノイローゼにかかったわけで、青年らしい煩悶にとりつかれたわけであるが、その後、すすめられて日蓮上人の弟子となり、六大弟子と言われるようになった。そしてあたかも後世異国のジェスイット教徒がとりあげたように、日持はこれにさき立つこと四百年も前に、異教徒、異邦人への伝道を思い立ち、伏見天皇の永仁三年、人々がとめるのをもきかず、たとい風にあい船がくつがえり魚腹に葬むられることあるも、わが本望なりとして、ぶらりと異国におもむき、その終る所が今もって詳かでない。日持は途すがら、同門の日門が開いた仙台八ッ塚(今の東九番丁)の大仙寺(後、孝勝寺と改む)にたちより、日門の宣教を助けたというから、やはり奥の細道をたどって、当時蝦夷ガ島と言われた北海道に渡ったにちがいないが、みちのくに於ける足跡も実ははっきりしない。終る所も、樺太といわれ、あるいは沿海州と称せられるが、詳かでない。風の如くに去って、跡をもとどめないというのは、日持のような去来を言うのであろう。

註　わが国の国分寺は、二町四方の寺域というのが普通で、武蔵国分寺が方二町であるため、最大のものとせられて来た。ところが仙台市木の下町の陸奥国分寺遺跡につき、昭和三十年八月発掘調査の結果、寺域は二百七十間の一辺をもち、四町半平方で、はるかに武蔵国分寺よりも大規模であることがわかった。ただ武蔵国分寺の金堂は、基壇の間口百五十一尺、奥行八十五尺、建物の間口百二十二尺、奥行五十六尺、通称七間に四間、柱数三十六本、経三尺から四尺の礎石が十六も残存し、国分寺金堂として最大とせられるが、陸奥国分寺の堂塔は、それ程明かには知られぬ。

弘法大師と水

一

真言宗の開祖、弘法大師空海は、讃岐《さぬき》の多度《たど》郡屏風浦に生まれた人であった。幼少の時からさとくかしこくて神童の名をうけ、長じて都にのぼり大学に入り、さらに仏教に心ひかれて、石淵《いわぶち》寺の勤操《ごんそう》についてこれを究め、その修めた虚空蔵求聞持法《こくぞうぐもんじほう》というものを、実地に修行しようとして都を去り四国に渡り、阿波の大滝嶽の頂にのぼり、土佐の室戸岬にいたり、伊予から故里の讃岐へとこれを一周した。後世、大師をたっとぶ人々が、四国遍《へん》路《ろ(ど)》と称して、大師修行の跡八十八カ所を巡拝するのは、これに由来するもので、大師はなくなられてからも、やはり自分でこの路をぐるぐるまわって巡礼の人々をたすけているというので、遍路巡礼の人は、相手がない一人旅の時でも、必ず同行二人といい、また大師の順路とは反対に、西から東にまわると、どこかで一度大師の姿が見られると言って、はりつめた心で、あちこちと霊跡をめぐるという。

それから大師は、唐に渡っていろいろな学芸や仏教を究めて帰国し、嵯峨天皇に深く信任せられて、京都の高雄山神護《じんご》寺に居り、弘仁元年には東大寺の別当を兼ね、比叡山延暦寺の最《さい》澄《ちょう》（伝教大師）とも親しく往来した。弘仁十年、最澄が比叡の山に、戒壇《かいだん》というものを設けて、その頃、東大寺、太宰府の観世音寺、下野の薬師寺だけにゆるされていた僧の資格を免許することを、延暦寺でもはじめたいと言い出すと、これをめぐって賛否の論が起り、大師もちょっといや気がさしたのか、さきに紀伊の高野山にたてて置いた金剛峯《こんごうぶ》寺に、隠退の決心をしたようだが、それもかなわないで、弟子の真済等をともない、ふらりと東国の旅に出かけた。

その頃、下野の勝道《しょうどう》上人というものがあり、大谷《だいや》川の源深くわけ入って、今の日光から中禅寺湖の勝地をひらいて、補陀洛《ふだらく》山といい、その奥には中禅寺（中宮寺）を建てていたが、勝道もなくなったと聞いて、大師はその跡を一見しようとしたのであった。この山はもと二荒《ふたら》と称し、風光がすぐれているけれど、春と秋と二度も暴風雨の荒れがあるというので、それから二荒と名づけられ、勝道はこれをきらって補陀洛と改めた。補陀洛というのは、印度の南海にある観音さまの本土と考えられたところである。大師はここで、勝道の弟子である道珍に迎えられ、二荒の神が大蛇に化け、百足になりかわって攻めて来た赤城の神と、はげしい神戦をくりひろげたという中禅寺湖をみて、寺でその冥福をいのるとともに、暴風雨をもあわせてしずめ封ずる修法をいとなみ、二荒を音《おん》が近い日光と改めて、東国を回遊して都にかえった。

弘仁十二年、大師は讃岐国からよばれて、万農池《まんのういけ》の工事を見てやり、ついでに若い時に修行してまわった四国の八十八カ所を一周した。それから嵯峨天皇から京都の東寺をたまわり、ここに国家鎮護のために五重の塔を立てたりしたが、淳和天皇の天長九年、いよいよ高野の山にしりぞき、承和二年三月二十一日、六十二歳でなくなった。ちょうど法友だった最澄の十七年忌の年であった。

弘法大師はずいぶん旅行ずきの人で、今とちがってその頃は、かなり難儀であった諸国の遍歴も、ただもの見、遊山ということではなしに、ありがたい仏の教をひろめたり、寺を建てるよい地をさがしたり、恵まれないあわれな人々になさけをかけ、勢いにまかせてわがままがつのるよこしまな人々をこらしたりするためであった。今の日光まで来られたついで、足をのばして白河の関をこえ、陸奥に入られたか否か、大師の伝記には、何の伝えもない。しかし、陸奥のあちこち、大師にまつわる物語が、数々語り伝えられる。

二

弘法大師の尊信は、いろいろな形で行われたが、そのもっとも重要なものの一つは、大師は高野の奥の院で、霊肉ともに永く生存して居られるという入定《にゅうじょう》思想である。醍醐天皇が、もうそのころにはなくなった弘法大師から、衣装をいただきたいと願われたという夢を御覧になって、延喜二十一年十一月二十七日、檜皮《ひわだ》色の御衣装一かさねを賜わり、観賢僧正に命じて、これを高野山奥の院の大師の廟所に進めさせたことがある。観賢はうやうやしく、大師が生前から用意せられた入定の岩屋を開くと、はじめもうもうと雲や霧が立ちこめていたが、次第にはれて、よく見れば大師の姿は顔色もちっともかわらず、印を結んで口をつぐんだまままきちんとすわり、在世の時のままで、ただ頭の髪が一尺ばかりにのびていた。折から吹きこむ風に、つけて居られた法衣が、ボロボロになって飛び散るので、観賢は扇をもてこれをあおぎ、みんな破散せしめて、新しい法衣を着させ、カミソリをとりよせて、のびた髪をそり落した。その後はこれを拝したものもないが、こうして弥勒《みろく》仏が出世の折に、大師はまた出定、生まれかわって信者をたすけられるというのが、この入定思想、大師を信仰する根本である。

従ってまたこういう入定をまねるものがあらわれ、山槐記によれば、二条天皇永暦元年七月、一老僧が、塚を禅林寺の南隅にきずいて、自らこれに埋もれ、京都の男女が群集して、これを見たことがある。岩手県下閉伊郡船越の秀禅和尚というものが、いつの頃かやはり塚をつくってその中に入り、念仏往生をとげたのであるが、大正九年にそっくり掘起されて、少しもかわっていなかったという如きもそれであった（阿倍三郎君に聞く）。

三

福島県安達郡北杉田、宮城県桃生郡深谷の一心院箱泉寺などに、独鈷水《どっこすい》とよばれる清泉がある。弘法大師が独鈷をもって、ほりうがったもので、いずれも水に恵まれない所の人々をあわれみ、開かれたものとせられる。

今の仙台市肴町に、昔、八軒家という南北四軒ずつの家があった。そこに旅のつかれの重い脚をひきずりながら、たどりついた和尚さまがあった。折からの炎天にのどをかわかして、一軒の民家にたちより、一わんの水を所望した。しかしこの辺は井戸水がにごって、塩気さえ含んでいるよくない水であったから、その家の主はとても飲めないと言ってことわった。和尚さまもいたし方なしに、ちょっとあるきかけたが、ますますかわきを感じて、もう一歩あるくことさえ苦しくなったから、別な民家をたずねて、また水を求めた。この家の主は大いに同情して、よくない水だけれど、くみ立ての一柄杓を和尚さまにふるまった。和尚さまはのみほして、

「大そう濁っているが、お前さんの親切にめでて、井戸の水をすまして進ぜよう。その外に何なり希望があったら申してごらん」

とたずねた。家の主はふしぎな旅の僧だと思ったが、折角そういってくれるので、

「実はこのカイワイが、水たまりの多いせいか、夏分になると蚊が多くてみんななやまされます」

と答えた。和尚さまはにこにこしながら、

「よしよし、それはたやすいこと、わたしの法力でその蚊をいなくしてあげよう」

と言い、蚊封じの祈禱をして立去った、和尚さまは弘法大師で、その後八軒家には蚊が一匹もいなくなった。

宮城郡荒巻の山上清水も、弘法大師が開かれたものとせられる。大師が諸国遍歴の途すがら、一軒の百姓家によって水を求めたが、留守の老婆はこれをおしんで与えなかった。しかし近所

に人家もなかったので、大師はかさねて老婆に水を乞うたので、老婆は、

「婆が一日をしのぐだけやっと汲んでいる水であるけれど、仏のための布施《ふせ》として、一ぱい進ぜよう」

と思い直して、大師とも知らず旅僧に一ぱいの水を与えた。大師は、

「このあたりには、わき水がなくて難儀の様子、わたしがそれを救って上げよう」

と、家の前庭のよい所を見立て、もっていた杖を地につき立てて、何やら呪文《じゅもん》をとなえると、そこから清らかな泉がわき出て来た。これが今に伝わる山上清水であると言われる。


岩手県江刺郡岩谷堂の町、井戸横丁というに、町内総出で水を汲んでも、なくなる心配がない程、きれいな水をたくさんにわかせる井戸がある。昔弘法大師がここを通る時、ノドがかわいてこまられた。とある民家に立ちよったけれど、一体岩谷堂一帯は、いわゆる谷地《やち》がかった低湿地で、よい水がわかない所であったから、求められたお婆さんが、手桶をさげながら、はるかへだたる五十瀬《いせ》の宮の水をくんで帰り、大師とも知らずにこれをのませた。そしてわけを聞いて、これと同じ水をたくさんに湧かせてやると仰せられ、独鈷か杖かで掘られたのが、この横丁の井戸で、深さはあまり深くないが、水は限りなくわいて出た。

同じ江刺郡米里の根津場《ねつぱ》という所に、アクヌキをしないですぐたべられるワラビが生える。昔、弘法大師がこの辺を歩いていた時、腹がすいて困った。それである民家によってタベモノを求めると、ワラビ汁を出してお接待した。大師は何杯かかねて、さてそのつくり方をたずねて見ると、大そう面倒であった。そこでそんな手数のかからない、手軽にたべられるワラビを

授けられたのであった。

米里から上閉伊郡へ越える遠野、鮎貝への街道に、五輪峠の山道がある。大師がここを通る時、茶屋の婆さんが草餅をついていたので、それを一つ所望したけれど、婆さんはこれを石だと言って与えなかった。餅をつき終って、いざたべようということになると、それがすっかり石になっていた。峠に今もある草餅色の石は、その時にすてた餅であるといい伝えられる。

岩手県紫波郡佐比内に、雨でも降らねばふだんは水が流れない、石灰石ばかりのかれ川がある。これが丁度筑後の高良川のように、大根を洗う女が、ひもじい大師に、ほしがる大根をやらなかったために、大師は水が流れないようにされて、かれ川になってしまったのだと言われる。あるいはまた機織る女が、水を乞われたけれど、忙しいために、水がないとことわったので、大師はその綱峰というあたりで、川に錫杖を立てると、ふしぎに川の水がかれて流れないようになったとも伝える。

同じ紫波郡水分の矢次《やつぐ》という部落は、昔から井戸を掘ってもよい水がわかない。それは弘法大師が巡教の折、この地の一農家に寄って水を求めると、その家の主婦が面倒くさいと言わんばかりに白水を汲んでこれに与えたので、それから罰が当って、白く濁った水しか湧かなくなったのだという。白水とは米のとぎ汁や、食器を洗った汁で、馬にやるものである。大師と水もこの辺が北限で、北上川の源である岩手郡の御堂観音の清泉になると、八幡太郎義家のユハズの力に奪われている。

弘法大師が唐からもたらした如意宝珠《にょいほうじゅ》という玉が、京都の醍醐寺にあって、白河上皇に進めて鳥羽上皇に伝えられ、一時臣下の手にあずけられて行方が知れないようになった。しかしその後、また見出されて醍醐寺にかえり、祈雨の時には、この玉を壇の上に安置して本尊とし如意宝珠法ということを行った。止雨の時も同様で、こんなことから、大師が自由に水を出したり、とめたりすると思われたのかも知れない。

四

みちのくのあちこち、かなりひろく行われているものにダイシ団子というものがある。そのダイシというのは、聖徳太子であるとも、弘法大師とも、源三大師良源とも解せられるが、それが十一月二十四日の行事で、丁度シナの天台大師智顗《ちぎ》の命日であるから、これは異国の風をうつしたものという考えもあってはっきりしない。

行事としては、小豆粥に団子を入れたものをつくってそなえることで、柳の箸か、萩の箸かを、三本そえる。大師は子供が多勢あって、これを育てるのに非常に苦労された。そして唐箕の屑米をもらって、小豆粥を萩の箸でかき廻しながら、団子をこしらえてたべさせられたことをしのび、これをまつるというのである。しかし十二人から三十三人の子もちで、これを育てるのに桃の木の杖をついたとか、萩の箸を用いたとか、あるいはこの夜吹雪をおかして塩買いに出かけ、凍死せられたから、小豆粥には塩を入れないなど、どうも寺や僧家の行事らしくない。それでこれは大師でなくて、冬から春への境に、村々をまわってあるいた神、すなわち天つ神の大子《おおいこ》（長子）を、漢音に読んでダイシと称したもので、古い神巡遊の風の名残であろうとも解せられている。
太閤は秀吉、大師は弘法にさらわれてしまったからではあるが、このダイシ団子を弘法大師の祭りと思っている人々が少くない。それだけ弘法大師が、民間にも信仰せられて来たことがたしかである。岩手県平泉町の長部《おさべ》に、古い石仏がある。俗にタイシボトケと称し、聖徳太子とも、伝教大師ともいうのは、タイシにもよれど、奥州古天台宗の中尊寺に近いためであろうか。昔は堂があったのを、度々焼けて露仏になってしまったが、小児の諸病、昔はホウソウにもためしがあるということで、参るものが多かった。タイシ、ダイシの誰であるかをきめることは、もう容易なことではなくなった。

註　アクヌキをしないで、すぐたべられる蕨は、福島県石川郡山橋村の向山にもある。ここでは老婆に水を施された大師の置土産とせられる。

観世子姫と良言

観世子《みよ》姫は、菅原道真公の女であった。同じ学者の家である大江良言《よしとき》のいいなずけとなり、まさに婚儀をあげようとしている前年、延喜元年に父が筑紫に流された。世にときめく右大臣からおとされて、一家は離散ということになり、婚儀のこともめちゃくちゃになった。良言は深く世のはかなさを感じ、翌二年、十五歳の侍童雪麻呂をつれて、紀伊の熊野におもむき、浄観行者《ぎょうじゃ》の弟子になり、ついに宮城県伊具郡旭森（館矢間）に下り、一宇をたてて清覚寺等覚院良言大律師と称し、雪麻呂は法流寺道明と名のり、山伏の道に入って世のうるさいかれこれからのがれた。

観世子姫も世をあじきなく思って、その頃世に行われた巡礼の旅に出ようとして、一夕清水寺の観音さまに参拝、しばらく祈念をこらした。その晩のこと、夢に観音さまの御告げをうけて、ちぎりをかわした良言が、みちのくに下向していることを知った。そこでとるものもとりあえず、人目を忍んで都を立ち出で、はるかな奥州へと旅立った。逢坂の関では、

立ちかえり花を都と思わねば

いとど名残のおしき春かな

という一首を残した。そして幾日かのつらい旅をつづけ、やっと旭森にたどりついた。良言はそのいとしい心根にほだされて、草深いみちのくで婚儀をあげた。翌年は後に二世となった良寛が生まれ、それから連綿と子孫が相つぎ、今に至っている。

道真公の数多い御子たちは、都に置かれず、しかもわかれわかれにあちこちへ流された。今の岩手県胆沢の郡司であった兵衛尚利《なおとし》のところへは、奥方と三人の御子たちを送ってよこして、それを四カ所に置くようにとの命令であった。それで奥方、すなわち御子たちには母君が居る所を母体《もたい》、大姉の吉祥女の居る所を上姉体、次の姉梅代姫の居る所が下姉体、男子の菅秀才敦《あつ》茂《しげ》の居た所が中の北野など、それぞれに名づけられた。後に生母《せいぼ》村の村社となった母体の八重垣神社は、奥方が建てて道真公をまつった天神社のかわったもので、東磐井郡舞川や松川の菅原神社も、やはり菅公をまつったものである。

正洞寺哀話

岩手県北上市の黒岩に正洞寺がある。昔、多田満仲に美丈丸という子があって、初め修学のために仲山寺に送られたけれど、放縦で学が身につかなかった。父満仲が大いに怒り、家臣藤原仲光をやってこれを殺させようとしたところ、仲光はこっそり美丈丸を比叡山にのぼせ、横川の恵心坊源信にたのみ、わが子幸寿丸の首をきって満仲の見参にそなえた。仲光は後に北上市の立花に領地を得て城をかまえたが、満仲は仲光の志を感賞し、黒岩に一寺を建て、幸寿丸の法名である源花正洞をとって、寺の名を源花山正洞寺と称し、亡き跡をねんごろにとむらわせたというのである。これは同じ由緒を語る摂津の河辺郡多田庄の小童寺と、音が相通ずる所から、このあたりを領地としていた和賀氏が、多田満仲の子孫と称するようになって、僧徒の手につくり伝えられたものであろう。

しかし多田満仲と奥州のかかわりも、いくらかないではない。満仲に戒をさずけて、剃髪入道させたのは、奥州出身の院源であった。院源は国司平元平の子で、早く比叡山にのぼり、慈慧大師良源（元三大師）について天台を学んだ。すこぶる美声で、経文をよみ梵唄や和讃をとなえると、聞くものは魂までとろかされる思いがした。後一条天皇の治安二年、名高い法成寺が落成して供養を行った時、藤原道長は、院源をたのんで導師となし、善美をつくした寺の構えに加えて、院源の美声で読経をさせたから、列席の天皇以下、全く感嘆してしまったと言われる。勇武剛気をもって世に聞えた満仲が、わざわざ院源をたのんで受戒したのも、その美声に聞きほれてのことであった。

盛岡市永泉寺の観世音、教浄寺の阿弥陀を、ともに多田満仲の守本尊と伝えるけれど、その由来は詳かでない。

能因法師

能因法師は歌よみであった。何とかして仲間の歌よみたちには、思いもつかない歌をよんで、人々をおどろかしてやりたいという一念から、さまざまに思いめぐらした。そして一計を案じて、旅に出かけたということにして留守の体裁をつくろい、春から秋にかけて自分の庵居にかくれ、誰にも姿を見せなかった。その実、天気のよい日には、きまって南の縁に出て、日向《ひなた》ぼっこに余念なく、顔や手足はできるだけ日にやけて黒くなるようにしたのであった。訪う人もない。あっても留守をつかってのいわゆる玄関ばらいである。こうして都の歌よみたちが、御《み》室《むろ》の花、嵐峡の船、嵯峨野の秋と、昔ながらの歌枕に、月並《つきなみ》な歌作にふけっているところへ、能因法師の旅行みやげとして披露したのが、次の一首であった。

都をばかすみとともに立ちしかど
　秋風ぞ吹く白河の関

春かすみのたなびく頃、都をあとに東路の旅をすれば、はるかなみちのくの門、白河の関の辺では、もう身にしむ秋風が吹いているというのである。この頃の都の人々には、みちのくは東夷の地、化外の民の住むところで、それと境をくぎり、南下を防ぎとめるために設けられたのが、海道筋では勿来関《なこそ》、仙道筋では白河の関所であったから、後世まで白河以北一山百文とさえ称せられ、土一升金一升などいわれる都にくらべたら、まるでお話にならない土地であった。

それだけにこれを歌によみこんで、新しい着想に人々をあっと言わせるためには、いつわりの旅をもよそおい、見ぬ所をも見て来たように思わせて、人々をうなずかせるだけの、並々ならぬ苦心がいったわけであった。

能因法師は京都の人で、遠江守忠望《ただもち》の子であった。実は陸奥に下向して、八十島記をあらわし、宮城県名取郡岩沼に、武隈《たけくま》寺を建てたとも伝えられる。

空也とおどり念仏

僧光勝は、延喜三年京生まれの人であるが、われも人も空也《くうや》という名で通っていた。わかい時から旅行ずきであったが、しかしなるだけ世のため、人のためになることをという考えから、道々けわしい所はスキで平らめ、土石をひろいあつめては低湿の土地をうめ立て、橋をかけたり、破れた寺を修めたりした。殊に水がとぼしくて困っている人々のために、あちこちと井戸をほり、いつでも阿弥陀さまの念仏を唱えたので、俗に弥陀井《みだい》と名づけた。天慶元年、京都に上ったが、町中で念仏をとなえながら、人々に仏の教を伝えたので、市《いち》の上人、市の聖《ひじり》などとよばれた。そして念仏をとなえてよろこびの境に入れば、手をふり足をあげておどり出すオドリ念仏というものも、この空也がはじめたものと伝えられている。

天暦五年、京都から近国にかけて病気がはやって、その屍もうちすてられている有様であったから、空也は深くこれをあわれみ、自ら高さ一丈の十一面観音の像をつくり、人々にすすめてこれを安置するために、東山に六波羅蜜《ろくはらみつ》寺をたてると、さしもの流行病もひたとやんだ。空也が播磨揖穂《はりまいほ》郡の峰合《みねあい》寺で、一切経をきわめた時には、わからぬところがあると、夢に金人があらわれて、これを教えたという、丁度聖徳太子が、大和のイカルガの宮で法華経を研究せられた時のような物語も伝えられる。

空也は奥羽二州が未開の地で、仏教もよくひろめられていないからというわけで、仏像を負い経文をもって、後世の六十六部のように各地をめぐり、教を説いた。どこをどうまわったのか明かではないが、しかし上人のオドリ念仏にちなんで、今の宮城県北から岩手にかけて伝わっている劒舞と、シシおどりとを、空也に縁づけることが説かれる。

劒舞はあて字で、ケンバイとよばれる。そしてあるいは平泉の藤原氏滅亡の折にあらわれた奇体なばけものの群だったとも説かれ、太鼓、カネ、笛などの豪壮なはやしに合わせ、羽根をかぶり、たすきをかけ、劒をはいた数人の踊り子が、勇ましくもにぎやかなおどりをするので、高調して来ると、太鼓のはやし方も、バチをかざしておどりながら太鼓をうつ。鬼ケンバイと称するものになると、踊り子はみな鬼の面をつけるが、そのうちにただひとり、異様な軽装をしてムチ一本をもち、一同に調子を合わせて、時にマジメにおどり、時にひとり道化たりするスボコというのがある。これはこの魔者の群を退散せしめた諏訪明神《すわみょうじん》で、このスボコが一枚加わらなければ、そのおどりにきっと異変があるとせられる。つまり仏法の悪魔をはらう祈念の変形で、鬼の面をかぶったりする悪魔、悪霊を、このスボコの手ではらい鎮める宗教芸能で、歌というものがなくて、ただ口にとなえるのは、南無阿弥陀仏の名号だけである。そしてこの地方で一番古いと考えられるのが、北上市立花の念仏ケンバイであるという点から、実は千葉県阪戸のしゃんから念仏、京都の六斎念仏、長野、豊橋あたりの大念仏など、念仏おどりの系統に属するもの、古代印度の伎楽《ぎがく》、ラマ教の鬼の面をつけてのおどりなどとも相通ずる一連のものとせられる。今はこのケンバイが純民間芸能となり、空也上人とのつながりがうすくなったが、ただ精霊をむかえてまつるお盆を中心としておどられ、昔ながらの念仏を唱えながらおどるところに、宗教芸能の面影が残されている。

シシおどりは、獅子ではなくて鹿の踊りで、鹿の角をつけた権現頭をいただき、これも数人が組をなし、太鼓に合わせておどる勇壮なものである。花巻市宮野目附近のシシおどりについては、村上天皇の天暦頃、空也上人が深山に庵をかまえていた折、そのあたりに鹿が群れ遊ぶのを見て、これを楽しみとしていたところ、一日狩人がやって来て射殺したが、上人はこれを悲しみ、その鹿を弔わんとして、射殺された鹿をもらいうけ、山里の民とともに、鹿のおどりの体に学び、その群れ遊ぶさまをうつしたのが、このシシおどりの起りで、近世に至り、武蔵国豊田の清左衛門という人の手により、いろいろと方式がととのえられ、江戸の神田明神の前で、法楽としておどってから、ひろく諸国に流行したという伝えがある。しかしこのシシおどりは、空也よりも古く、鹿にゆかりが深い奈良の春日《かすが》神社や、同じ系の常陸の鹿島《かしま》神社などではじめられた神事芸能であるようで、国家安全、五穀豊熟を祈願するあらわれと見る方が正しく、一に行山《ぎょうざん》踊とも称せられる。

奥州には、その後、後宇多天皇の弘安二年、遊行《ゆぎょう》上人とよばれた、伊予出身の一遍《いっぺん》智真も来ている。一遍も諸国を遊行して、仏教をひろめた人であるが、その祖先に当る河野通信《みちのぶ》が、承久のいくさに京方となり、敗れて平泉に流されたまま、そこでなくなって、江刺《えさし》に葬むられたので、教を説きひろめながら、はるばる祖先の墓参りをした。一遍もまた空也をしたい、そのはじめたおどり念仏をとり入れ、人々をたくさん集めて、信心をかためさせ、おどりをひろめた。したがって、奥州の念仏おどりは、この一遍の遊行によって、おとろえていたものも再興されたことであろう。

註　岩手県胆沢郡胆沢村南都田の藤田忠一氏方に、次のような行山踊（シシ踊）の由来書が伝えられる。

鹿踊の由来

抑鹿踊の濫觴を尋るに、神代者掛まくも畏き　天照大神、天岩屋にこもらせ給ひし時、国内常暗となり、日月光見えざりしかば、天津児屋根命、八百万神達と計り給ひ、天香久山の白真鹿の肩の骨をもって占ひ、其舎任岩戸の前にて徘徊せしより、神楽、角力、獅子奉り、天香久山一村雨は、紅葉を染る初嵐なりと歌ひければ、太神、面白思召、岩戸少し明け給ひければ、日月如来、是則、信州戸隠明神是なり、是よりして初るとなり、天津児屋根命者、春日大明神なり、其後、称徳天皇、神護景雲三辛巳七月二十八日より三日三夜、春日の神前にて、天下泰平、国家安全、五穀成就万民快楽のため可ㇾ奏之由、勅使として中納言藤原実春郷、南都三笠山に御車を轟かし、六十間四方え竹矢来を廻し、其の内にて奏す、此の時初めて装束を粧ひ、頭に鹿の頭を刻み、金銀を鏤め、身に袋の如きものを着、前は幕を垂れ、日月九星廿八宿を画き、乱星は七星なり、十二階子は則ち日月春日の四字を略し、頭より後に乾坤の二字を書す、或は八卦を画き、青龍、白虎、玄武、朱雀を画き、幕の千鳥三十六神、地を象り、腰に小さきかつこを附けて、紫竹、篠竹、大和竹などに白にき附麻とし、右に鳥井、玉垣を画きたるを着し、八人の八乙女諸共、十六人にて奏す、其外古実種々あり、委くは神奏神秘録井神祭祀ありと云ひ、故中臣三種の祓ひにも、小男鹿の八ツの御耳を振立せ聞し召せと云ふ、斯る、霊獣故に、太占に是を用ひ、雨降らし時は三日前に知るとなり、鹿は不浄の地を嫌ふ、神前にては鳥井を拝し、神殿を拝し、人家にては門を伺ひ、善悪を知る獣なり、噺し方に三々九五五三七五三拍子有、委しき事は口伝、其つとむる人可ㇾ知、鹿は百歳にして白鹿となり、五百才にして玄鹿となり、千才の後蒼鹿となると云ふ、其国に依り品替ること有る可く、尚染方、花模様

品々口伝あり、雖レ為二秘書深き一依レ是望二是を一令二伝授一事、依ては他言他見堅く無用、依て如レ件

和州桜井住神祇官

林和泉守

源藤利

安永二癸巳年三月

佐藤義蔵

藤原光義

佐東浦之輔

藤原義知

ちなみに胆沢衣川村には、女性ばかりのシシ踊りがあるけれど、他地方のものは男性だけでおどっている。

岩手県花巻市宮野目には大念仏おどりというものがある。これは親鸞上人から始まるという。越後の配所で、念仏ぎらいの代官荻原年景に苦しめられた上人が、竹内から小丸山に移るにさき立ってのことである。庭掃除をしている召使の蜘蛛太というもののため、居館に放火せられて丸焼けになった年景が回心後悔して、教えをきくようにかわったのを喜ばれた盆の来る前の月があかるい真夏の夜であったという。師も弟子も村人も、浄土の喜びにあふれて、おどったのが起りで、藤原権大夫の子孫という葛《くず》源平というものが陸奥に下向、八幡の長楽寺、小山田の信行寺、大瀬川の畑などに伝えた。その讃には観無量経、善導大師の十四行偈、覚如上人の仮名聖教などのことが歌い込まれ、また飾りとする台笠というものは、弥陀の浄土を表現するものとせられる。

未來社新刊案内

no.049

〒156-0055
東京都世田谷区船橋1-18-9
（未來社流通センター）
TEL:048-485-9381
FAX:048-485-9380
info@miraisha.co.jp
http://www.miraisha.co.jp/

◆ご注文はお近くの書店にてお願いいたします。
また小社のホームページでもご注文ができます。
◆価格表示はすべて税別です

2025.2

マックス・ヴェーバー研究総括

折原浩著

ヴェーバーの生き方と学問を、時代状況のなかで捉え、個人の自律と社会の民主化をめざす。『東大闘争総括』で学問の実践的側面を具体的に論じたヴェーバー学者がその研究領域での本領をコンパクトに問い直した総括書第二弾！

四六判上製カバー・三四〇頁・四二〇〇円

独学の思想

上村忠男著

イタリア思想史、学問論などを中……者の知的活動をあらためて検証する……アガンベンなどとの学的かかわりをつぶさに……総決算の書。

四六判上製カバー……

言語……
隠喩論』……

転換期を読む34

中原中也——その重きメルヘン

倉橋健一著

既刊の『宮澤賢治——二度生まれの子』につづく幻の名著『抒情の深層——宮澤賢治と中原中也』からの復刊。その抒情性が読み手の自由を誘い込む希有の詩人中也の詩の息吹を伝える会心の読解と論述。陶原葵氏による解説を追加。　四六判並製カバー・二〇〇頁・二四〇〇円

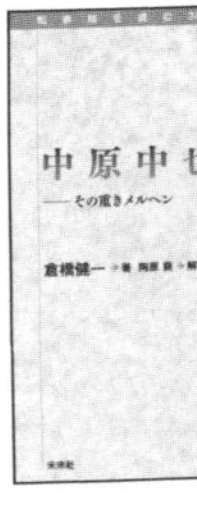

転換期を読む33

思考すること

大岡信著／野

日本の古典文学論
なって活動した大
造性をめぐって本
したコンパクト

中心と
割

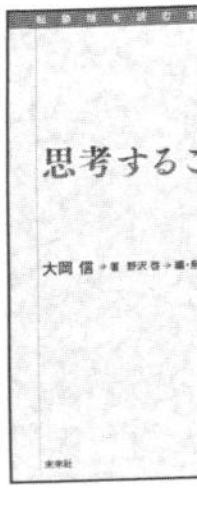

追憶の

内村博

フロイト
識、近
うじ
るべ

ことばという戦慄——言語隠喩論の詩的フィールドワーク

野沢啓著

言語の根源的問題を提起した『言語隠喩論』をベースに、さらなる理論展開を示すとともに、近現代詩という豊穣な言語世界を渉猟し、詩的言語の可能性を詩人の言語意識の格闘のなかに見出そうとする『言語隠喩論』の応用篇。　四六判上製カバー・二九四頁・二八〇〇円

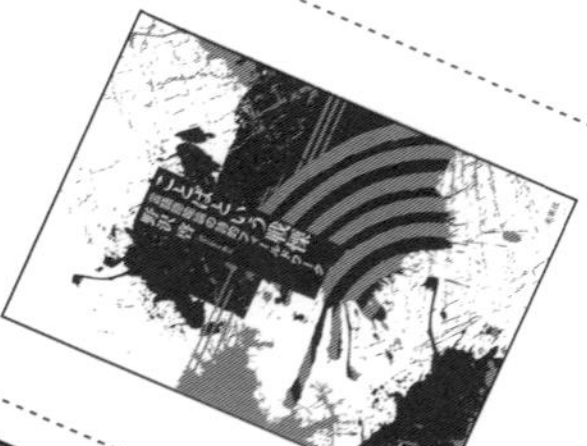

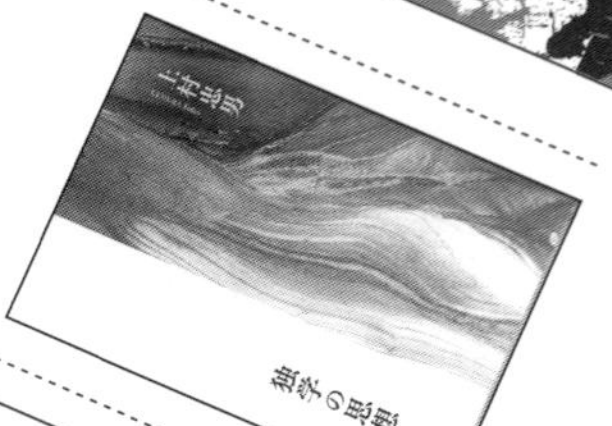

らに欧米思想をあまねく渉猟する著
ディコンヴァスム、ギンズブルグ、
論じる著者の学問的自伝の
二八八頁・五六〇〇円

祐慶と黒塚

宮城県伊具郡尾山に鬼越山大門寺東光院というお寺がある。京都の聖護《しょうご》院末の修験寺で、奥州白河生まれの祐慶《ゆうけい》が開いたものである。祐慶は村上天皇の天徳年中、紀州熊野の那智の滝にいたり、捨身《しゃしん》の行一千日を修め、さらに心に願う所があって、同行の山伏数人とともに諸国をめぐり、いよいよ帰郷の途につき、下野の那須野を通り、故里の白河の関をも越えて、陸奥路を北の方へ志し岩代の安達ガ原にさしかかった。

日はとっぷり暮れた。どこまでもつづく茅野《かやの》を、ざわざわと夕の風が野分《のわき》のように吹きわたって、狐の声であろうか、狸《たぬき》の類であろうか、行く手に聞えたり、足もとの草むらからいきなりとび出したりして、旅にはなれた身でありながら、背筋をつめたい水でも流れるように、ぞっとしたうす気味わるい思いをする。行っても行っても人里らしいものがない。腹もすいたし、疲れた足も重くなった。一行はただだまって歩きつづけた。そしてものの一里も歩いたころ、行く手にちらりと燈火の影が見えたので、勇を鼓して歩みを早めると、やっと一軒のあばら屋にたどりついた。

案内をこうと、捨てられた姥《おば》のような老婆が顔を見せた。一夜の宿を求めたが、たべるものがないから、せめて火でもたいてもてなしたいのだが、その薪も十分でないとしぶる。しかしここをことわられると、朝には霜を置くかも知れない夜寒を、野宿しなければならない。いなみもしないが、よろこぶ様も見えない老婆にたのんで、とにかくに宿をかることにした。いろりにちろちろと燃える火をかこんで、老婆は、糸車をぐるぐるまわしながら糸をくる。疲れた山伏のうちには、もうこっくり、こっくり居ねむりがはじまる。だんだん時がたつにつれて、火が弱って薪がなくなる。燃えさしをつついて、ホノオがぱっと燃え立つと、くらがりの中に老婆の顔が浮びあがって何かしら気味わるさを感じさせる。祐慶だけは眠る気にならなかった。

そのうちに薪がなくなった。老婆はこの暗夜を、裏山に薪をきりに行くといい出した。そしてしきり戸をあけて、奥の部屋をのぞいてはならないと、くれぐれもくどく言い残して出て行った。しかし見るなととめられると、見たくなるのが人情の常である。つと立って、こっそり奥の間をのぞいて見ておどろいた。そこには悪いにおいが鼻をつくばかりで、屍山血河、殺されたり食われたりした人間の屍体や骨が、たくさん積みかさなっていた。鬼の住家に長居は無用と、祐慶は仲間の山伏どもをうながし、すぐに逃げ出して、くらい夜道をあてどもなく走った。

薪一かかえをあつめて帰って来た老婆は、折角のよい鳥に逃げられているのにがっかりしたが、すぐ気をとりなおして追いかけた。やがて追いついて、ただ一口とせまったので、祐慶はもっている鉄の杖をふりまわしながら、

東方に降三世《こうさんぜ》明王《みょうおう》、南方に軍荼利夜叉《ぐんだりやしゃ》明王
西方に大威徳《だいいとく》明王、北方に金剛夜叉《こんごうやしゃ》明王
中央に大日大聖不動《だいにちだいしょうふどう》明王

と、五大明王のたすけをもとめ、更に、

おんころころせんだりまとうぎ（薬師の呪）
おんあびらうんけんそわか（大日の呪）
うんたらたかんまん（不動の呪）

と声高らかに、くり返しくり返し呪文《じゅもん》をとなえて、不動しばりの法をかけ、身動きがならず、追いかけることができないようにしむけたので、老婆の鬼は、夜嵐にまぎれて消え失せてしまった。

今、福島県安達郡大平《おおたいら》に、白檀《しろまゆみ》観音堂があり、その附近の原の中に石のちらばっているところがあって、これを黒塚と称している。もと安達ガ原の鬼婆の住宅の跡と伝えられている。

註　謡曲、安達原、黒塚参照、一説に東光院はもと紀州熊野の山伏増珍が、白河に開いた寺で、それがいつ頃か、伊具郡に移されたもの、道成寺の物語で名高い安珍は、増珍から三代目の住職だったと伝えられるから、祐慶はまた安珍の後裔になるわけで、山伏寺だから住持は世職であった。

安珍と清姫

能や劇の道成寺、神楽《かぐら》で演ずる鐘巻蛇心《かねまきじゃしん》などで知られる安珍《あんちん》は、宮城県伊具郡藤尾の東光院の修験山伏であった。この寺は、紀州熊野の山伏である増珍が開いたもので、安珍は実にその三代目の住持であった。安珍は京都の鞍馬寺で業を修め、従僧一人をつれて熊野参りに出かけて、牟婁《むろ》郡のある村里に宿った。宿主は真砂《まさご》庄司といい、とても山海の珍味をそろえて、安珍等をもてなした。そしていよいよ夜になってやすもうとすると、庄司の娘清姫（東光寺旧寵には佐夜女《さよじょ》といい、元亨釈書にはヤモメと見える）がやって来て、安珍に言いより、今宵から夫妻の契りを結んでくれとせまった。安珍ははじめて、下にも置かぬあついもてなしをうけた意味がわかったような気がしたものの、何しろ出家の身、奥州の故里には妻をのこしていることとて、今は参拝の途上、神もみだらなことはよろこぶまいから、参拝がすんでの帰り、またゆっくりと立寄ろうと、実は言いのがれて熊野におもむいた。そして帰りには日程をかぞえ、もてなしの準備をして、一日千秋の思いで待ちこがれる庄司の家、姫のもとは素通りして、都路さして急ぎ去った。待てど帰らぬ安珍をたずねて、清姫は通りすがりの巡礼たちに聞くと、安珍は早くとおってしまって、もう二日程の路のりをさきに行っているという。清姫はかつうらみ、かつはいかって、たちまち二丈余りの大蛇になり、安珍のあとを追いかけた。

路上人々のうわさ話で、自分が追跡せられていることをさとった安珍は、道成寺に入り救いを求めた。時に道成寺では、鐘楼の大鐘をおろして一室に置いていたので、その鐘の下に安珍をかくし、四方の戸をしめきった。そこに間もなくやって来た大蛇は、血ばしった目、口からは焔を吐く恐ろしい形相だったので、寺の衆も逃げうせ、誰あってどうすることもできない。大蛇は安珍のかくれている堂にいたり、尾をもってたたいて戸を破り、堂の中に入って、ぐるぐるとぐろを巻いて、すっかり鐘を巻きつけ、尾をもってこれをたたくと、たたく度に火花が散った。久しうして大蛇がいなくなったので、その跡を見ると、鐘の余熱はまだ去りやらず、かくれていたはずの安珍は、影も形も見えない。骨さえもなくなって、ただわずかな灰が残っていた。

それから程経て、道成寺の住職が、何度か同じ夢を見た。それは小蛇が二ひきあらわれて、「我等は先日鐘の下にかくれた一比丘《びく》(僧)、一蛇婦であるが、悪縁に結ばれて夫婦となったけれど、その報いは苦しみばかりだから、何とぞ救いの手をさしのべてもらいたい。幸い世にありし時、法華経を守りとしていたから、経をうつして供養《くよう》をしていただきたい」としきりに哀願すると見えては目がさめる。そこで若しそういう次第なら、あわれなことと思って、法華経の寿量品《じゅりょうぼん》をかきうつして法会をいとなんだ。すると今度は、一僧一女が夢にあらわれ、おかげでともども極楽に往生し、りっぱに成仏ができたと、再三御礼を言って立去った。醍醐天皇、延長六年八月のことで、安珍は二十七歳、日高川に身を投げた清姫は十七歳の時で、仙台では道成寺の能を演ずる折には、東光寺の僧がその席に列すると、必ずけがする者も出るといい伝えて、これを避け、戒しめて来たものである。

話がうつって、岩手県岩手郡御所《ごしょ》の片子沢に、やはり道成寺という地名がある。昔、出羽の羽黒山の山伏が廻国の折に、御所では道成寺の長者の家を宿とするならわしであった。ある年のこと、いつものように廻って来た山伏たちに、きわ立って眉目美しい若僧があって、ひそかに思いを寄せた長者の娘は、たって言い寄って、さきには夫婦たるべき約束をしてしまった。しかし若い僧は、まだ修業中のこととて、常々師の坊からさとされるきびしい禁戒のことを思いかえし、やるせない悔いに胸うたれて、こっそりと長者の家からぬけ出した。それと知った娘は、すぐに跡を追うたが、天沼というところまで行くと、そこの船頭が苦僧から因果を含められていて、娘がどんなに頼んでも、渡船を出してくれない。娘は川にとびこんで、対岸までおよいで渡ったが、もう追う人の姿も影も見当らない。それでしょせんはかなわぬ思いとがっかりして、片子沢の沼に身を投げて、かえらぬ人となった。村の人々は、あわれにもいとしい娘を思いやり、沼のほとりに葬むり、比翼塚になぞらえ、二基の石碑を立ててやった。

けれどもそれからというもの、道成寺のあたりに、夜な夜な若い女の幽霊が出て、道行く人の跡をつけたり、しょんぼりと墓碑の側にすわって、その身のまわりにボーッと人魂の火がともったりすることがあった。それを耳にした盛岡南部藩の士衆が試みに夕方ここを通って見ると、うわさの通り、髪をみだした色白な若い女が、ぞうりばきで、ひたひたと自分の跡をついて来る。ころあいを見はからって、抜く手も見せずに一刀両断と、きりつけた刃にたしかに手ごたえはあったが、よく見るとそれは女ではなくて、石碑の頭をそいでいたのであった。

注　別に紫波郡見前《みるまえ》の感通庵にも、安珍という修験僧があって、岩手県御所村の安庭《あにわ》の豪家に祈とうをたのまれて行った時、その家の娘お清に見染められ、一度は相思の仲になったのを、世評を恐れて逃げ去った安珍の跡を追うお清は、雫石川の流れに妨げられ、安珍の薄情をうらんで、深淵に身を投げたという話もある。

法華経の霊験

妙達和尚は、今の山形県田川郡黄金の人で、天台僧となり、竜華寺という寺にいて、つねに法華経を読んだが、妙達が経文をよみ出すと、竜王、竜女がいずこからともなくあらわれて、静かにこれに耳を傾けた。妙達は声もよかった。村上天皇の天暦九年に、別に病気らしいこともなくて、経文を手にもったまま、にわかに息をひきとった。そして冥土《めいど》の役人にみちびかれて、エンマ大王の御殿に行くと、王の方から座を下って妙達を拝し、

「あなたは定命《じょうみょう》がなくなってここに来たのではない。実は法華経を信奉することがあつく、みだれた末法《まっぽう》の世には、めずらしい人格者なので、日本国中の人々が罪業をつくることを戒しめてもらうため、わざわざ来てもらったのだ」

と言ってくれた。かくて妙達は、七日目に生きかえり、このエンマ大王の心もちのほどを伝え、人々とともにいよいよ善を修めて悪を遠ざけた。

この竜華寺は後にすたれて、花園天皇の延慶年中、出羽守藤原義純が、能登総持寺の峨山《がざん》和尚をよんで、その跡で仏の教を説いてもらったら、またそこに二竜があらわれた。それから幾

年かたって、峨山の法流をついだ太平浄椿《たいへいじょうちん》がここに来り、すたれた寺を再建する工事をはじめると、山もくずれるように地ひびきがとどろきわたり、竜王、竜女があらわれて、仏法をまもり寺を保護すべきことを誓い姿を消した。それで寺のうちに特に竜王殿をいとなみ、漁業、航海に従う人々、これを信仰してその栄えを願うようになった。

如蔵尼《にょぞうに》は朱雀天皇の天慶年間、関東に乱をおこして平新王と称した平将門《まさかど》の娘で、すこぶる附の美女であったから、これを妻にむかえようとするものが多かったけれど、なかなかうんと言わなかった。しかし父が謀叛人として誅せられると、はるかに奥州にのがれ、悪人の娘とそしって、かえりみる人もなくなった紙よりもうすい人情をはかなみ、徳一法師が開いたという会津の恵日寺のそばに庵を結び、扉をとじてひとりしずかに月日をすごした。そしてふとした病がもとで息の根がとまり、エンマ大王の宮殿に行くと、そこに無数の罪人がつながれてうようよしていた。時にタケのひくい小さい僧形の人が、錫《しゃく》をもってはいって来ると、冥府の諸役人がみな席をよけて、

「地蔵がまたやって来た」

と、うるさいと言わんばかりの風情である。しかし娘にとっては救いの神である。走ってその前にひざまずき、救いを求めると、地蔵さまはこの娘をつれてエンマの役所に至り、

「この女は堅信の夫人であるぞ。女の形をうけて生まれては居れど、みだらな欲にわずらわされていないからこの度は本土にかえし、ここにつないではならないよ」

と仰せられ、エンマ大王もつつしんで命を奉じた。地蔵さまは、女を門まで送って来て、

「どうか、お前さん、私の言った通りに守れるかネ」

とおっしゃるので、女は決してそむくまじきことを誓ったら、地蔵さまは、人の身に生まれて来ることもむずかしいのに、仏法に遭うことはなおさら難いから、身命を惜しまず、一心に精修するようにと諭して下さったと思って、女は蘇生した。そこで出家して如蔵尼といい、専ら地蔵菩薩を信奉したので、世に地蔵尼と称し、それから長命して八十余歳にいたり、端座して命を終った。


今の宮城県遠田郡小松の小松寺に、玄海という僧があった。日々一部の法華経を読み、夢に左右に羽根が生えて、西に向ってとび去り、十万億土を過ぎると、宝池が見え、宝樹、楼閣なども見おろされるようになったことを思っているうちに、一聖僧があらわれて、

「お前さんの来ているところは極楽世界のうちであるが、もう三年たってから迎えたい」

と言ってくれた。玄海はこれを聞いてとび帰ったと思ったが、夢がさめて見ると、弟子の僧たちが集まり、玄海の死を悲しんでうちしめっていた。玄海はよみがえり生き返ったことを知り、それから三年たってからほんとうになくなった。


長門大寧寺の全岩東純和尚も、少年の時、一度死んで冥府に至り、能化《のうけ》上人にみちびかれて生きかえった。出羽出身の大江氏の生まれ、それから羽黒山にのぼって仏教を修め、十六歳の

時、山を下って鎌倉に遊学、ほんとうになくなったのは、明応四年十二月のことであった。

ちなみに平泉の毛越寺《もうつう》南大門跡の南方に、坂芝山という高地がある。いつ頃のことか、このあたりに心たけき武将があって、一人の娘をもっていた。この娘は信心もので、法華経を読みたいという年来の望みが、教えてくれる人もないままに、もの足らず思いつづけて月日をすごした。ある時天井《てんじょう》の上から大きな声で、

「お経をよみたくば、それを手に入れて、お前さんの前に置きなさい。わたしがここから教えてあげるから」

というものがあった。それでお経を求め、これを前にしてすわると、天井の上から教えられ、すらすらと八日目にならい終った。それで天井の上をしらべて見ると、舌だけのこっている古いサレコウべが見つかった。そして、

「自分は延暦寺の慈慧大師（良源）じゃ、お前さんの志に感じて、ここまで教えに来たのだ。もう一通りすんだのだから、坂芝山に埋めてほしい」

というので、手あつく葬むって石塔をたてた。娘も尼となり、この山に庵を結んで大師をまつったが、尼の名は伝わらない。

慈覚大師と万三郎

慈覚大師円仁は、下野都賀郡の人、壬生《みぶ》氏の出身である。年十五歳の時、比叡山にのぼって最澄に師事、仁明天皇の承和五年唐に留学、同十四年に帰国した。清和天皇貞観六年、七十一歳でなくなるまで、陸奥に巡教したという伝は残されないけれど、奥羽にはその遺跡が殆ど無数に存し、慈覚大師を開山としたり、その中興の祖としたり、あるいは大師のつくったという仏像を本尊としたりする寺があちこちにある。藤原氏の手で営まれた平泉の中尊寺には、慈覚大師が唐から移して、比叡山ではじめた五台山の常行《じょうぎょう》念仏や、文殊楼の形が、そのままにとりいれられている。

奥の細道をたどった芭蕉が、今の山形県東村山郡山寺の立石《りゅうしゃく》寺にまいり、石に岩をかさねて山とし、松柏年ふりコケなめらかで、佳景さびしく心がすみきって、

しずかさや岩にしみ入る蟬の声

と吟じた俗にいう山寺も、清和天皇の命を奉じ、慈覚大師の開いた寺といわれる。山深いこの立石寺には、やはり「消えずの火」がたかれていて、もしそれが消えるときは、火種を比叡山

からもたらし、また比叡山で消えた場合は、この立石寺から火種をおくった。常燈とか不断燈とかいう名で、こうして燃やしつづけられる「消えずの火」が、もし消えでもしようなら、昔はまことにたいへんにさわがれたものだった。

慈覚大師が、この立石寺を開こうとしたとき、この山は万《ばん》二郎、万《ばん》三郎という猟師兄弟の狩場であった。大師はこの山に寺をつくりたいから、土地を貸してもらいたいと、万三郎に申込むと、万三郎はこころよく諾して、岩の間にひきこもった。この岩を万三《ばんざ》岩とよんで、今もビヨウブのようにきりたっている。いよいよ寺がりっぱにでき上ると、兄弟は猟師（マタギという）をやめた。それで鹿や猪が、とられる心配がなくなったので、ぞろぞろと大師のところへ御礼に来たが、大師はにこにこ笑いながら、

「私よりも、万三郎に御礼をいいなさい」

とおっしゃった。毎年七月七日、山寺のお祭りに鹿《しし》おどりをするのは、これから起ったもので、踊りはまず万三堂前で行われ、ついで大師堂前でおどるのも、こうしたいわれからである。

万二郎、万三郎は、一に磐次（司）、磐三郎とも伝えられ、日光の二荒《ふたら》権現をたすけて、上野の赤城明神をしりぞけた弓の名手小野猿丸と山姫との間に生まれた兄弟であり、天子さまから山立《やまたち》（マタギ）のお許しをうけ、どこの山にも自由に立入り、猿でも鹿でもこれをとって、たべることが許されていた。そして立石寺から東南二里をへだてる山寺越（二口《ふたくち》峠）を越えると陸前に入るべく、名取郡の磐神《ばんじ》山は万二郎（磐次）のいたところで、けわしいガケがきり立ち、北方の日向《ひなた》磐神と、南の方の日影磐神とが相対する。万三郎は綱木山に住んで、兄とともに狩を

事とし、常に身軽に山沢を走りまわり、あたかも仙人かなどのようで、その終る所も知れないままに、郷人これをまつって山神とした。綱木山は、あるいは磐山《ばんざ》、番山ともいい、雨模様のくもった日にでもここをとおると、とうとうと木をきり、数百人が談笑して、大木が倒れる音がしたと思うと、話し声がハタとやんで静かになったりして、実はその跡がなかったり、ひょっと風がわりな異人に出くわして、たちまちその姿が見えなくなったり、あやしいことどもがあると語り伝えられた。それで松島瑞岩寺の雲居和尚が、この山の頂上で坐禅をなし、万二郎、万三郎兄弟をまつり、仁王護国大権現と称した。雲居に「二口関を過ぎ熊あり出でて師をうかごう図に題す」という詩がある。

人伝う、万二、万三郎
兄弟かつてここに鬼王を伐つ
山下の清流は定水をたたえ
岩前の怪石は自ら禅牀
霊熊耳を垂れ嘉瑞を呈し
異鹿蹄を留めて吉祥をあらわす
高嶽深谿、残月白く
老松古柏、影蒼々たり

秀衡法師

平泉に栄華のかぎりをつくした藤原秀衡は、晩年に入道得度して僧体となったが、秀衡法師というだけで僧名が伝わらない。宇治の関白といわれた藤原頼通がつくった平等院の鳳凰堂をまねて、それよりもやや大きくて、結構善美をきわめた無量光院を平泉につくって、阿弥陀如来のすぐれた像を安置し、朝夕これにつかえて、仏の道にいそしんだ。だから武士出身でありながら、平家に誘われても、木曾義仲に誘われても、兵を動かすことをしなかった。牛若丸の義経がはるばるたよって来ると、心をこめてこれをたすけ、その兄源頼朝が、東国に兵を挙げたときいて、じっとしては居れない義経を制し、力をつくして源平の仇討ちごっこをやめさせようとしたのも、この秀衡であった。

秀衡がもっとも敬慕したのは、浄土念仏門の開祖である法然上人源空であった。上人は美作国久米郡南条の生まれ、崇徳天皇長承二年四月七日の誕生で、幼名を勢至《せいし》丸、父は美作の押領使という役をつとめていた漆間《うるしま》時国であった。上人が九歳の時、父時国は北面の武士、明石定明の誤解をうけて傷つけられたことがある。勢至丸は父をたすけ、弓をとって一矢を敵の眉間に射込んだほどであったが、父のなくなる時、しみじみと因果がめぐることわりをさとし、遺言して仇を思わずに出家せしめ、菩提寺で観賞の教をうけ、十三歳で師のすすめにより比叡山にのぼり、更に自ら工夫して浄土門をひらいた高徳であった。法然はある時、自らの絵像をうつして秀衡に与えたことがあるが、使者がこれを負うて奥州に下り、途中奇特の霊感をうけて建立したのが、福島県会津郡東神指《こうざし》の来迎院《らいこう》である。今、会津若松の高岩寺に伝えられるのが、この来迎院からうつした法然上人の像である。

秀衡は父祖以来の経営をついで、みちのくに興した社寺は少くないが、その子忠明が出でて、出羽の雄勝郡千福の里に居り、忠明の妻が薬師如来にいのり、日輪をのむと夢みて生んだのが、後の僧義空である。義空は仏道修業を志して郷里は出たものの、さて何宗に帰すべきかにまどい、鎌倉の鶴岡八幡宮に参籠し、そのおしめしをうけて天台に帰し叡山にのぼった。学成るの後、洛北千本に小庵を結びとどまったが、祖父秀衡の助力を得て、ここに大報恩寺を建てた。本尊は釈迦如来で、千本釈迦堂といい、倶舎、天台、真言三宗を弘める道場となった。義空は後嵯峨天皇の寛元元年に七十歳でなくなったと伝えられるから、あるいは、秀衡死後のことであったかも知れない。

秀衡は羽黒山、白山などいう修験山伏の道場にも、それぞれ寄進をしているが、どういう縁故でか、遠江の浜名あたりまで寺を建てている。その故にか鎌倉時代の末近く、遠江久野氏出身の乙増丸《おとましまる》が、中尊寺に弟子入りして、一時経蔵別当職になったこともある。中尊寺経とよばれる、秀衡の父基衡奉納の紺紙金字法華経が十巻までも、今の静岡県浜名郡鷲津の妙立寺に保存せられていることなども、つながる縁をたどれば、あながちふしぎではない。秀衡法師の存在は、こうしてあちこちから和尚たちを平泉にひきつけたばかりでなく、みずから国内にひろく仏法興隆の手をうった。

だからその奥方も信心が深くて、治承三年には荒れていた宮城県伊具郡高倉の高蔵寺を独力で一建立を行い、文治五年には、今の酒田市寺町の泉流寺を建てて、三たびめぐって来た亡夫のおとむらいをした。この寺では、夫人を泉の方、泉流尼など伝え、今も境内にその廟というものをまつっている。平泉に近い流郷清水の花流泉にちなむ名とすれば、これは祖父清衡の妻のように都の平氏でもなく、父基衡のような安倍氏でもなく、土地出身のものであろうか。

岩城氏の祖海道小太郎成衡の室徳尼は、源頼義と多気権守宗基の娘との間に生まれた人とせられるが、別に秀衡法師の妹に徳尼にいうものがあり、出羽の羽黒権現の大堂の再建をたすけて、そこに木像がまつられ、また福島県石城郡内郷の白水阿弥陀堂を建てて、ここに平安建築の美を残している。徳尼は常陸大椽家に嫁し、平行隆の妻であったと伝えられる。

武蔵坊弁慶

一

武蔵坊弁慶は幾年ぶりかで、思出深い京の五条の橋の上に立った。今は世をしのぶ山伏姿で、近日仲間一同、主源義経をかくもうて、奥州下りをしょうという矢先のこととて、もはやまた見ることもあるまいと思われる都の情景、殊に五条の橋の感慨は、何よりもひしひしと胸せまるものがあった。

たかが小童《こわっぱ》と見くびって、いどみかかった今の主義経から、さんざんにうちなぶられ、力屈して大の男ながらに降伏した自分を、弱いともはずかしいとも思ってはいなかった。むしろ戦いの天才、世にもめずらしい九郎判官義経を主人にもったことが、誇りでもあり幸福でもあると思って来た。そしてその主従の縁がむすばれたのが、実にこの五条の橋だったのである。

紀伊の熊野の別当寺に生まれた弁慶が、はじめ寺入りをした比叡山の西塔、仰げば五条の橋からは、指呼の間にある。しかし神妙に仏に仕え経を読むことがいやで、いわゆる北嶺の山法師の群に投じ、僧体をしながら武士になってしまった。寺入りをしたときに、第一に教えられた殺生戒とは、凡そ似もつかない罪業深重の身になったことをしみじみと思い返した。しかしそれも主義経について形に添う影の如くに動いて来た弁慶にとっては、よろこびをこそ感じても、悔いる心はなかった。

それにしても弁慶は、こうして人目を忍ぶ姿になって、一木一草、思い出のまつわる都をさまよい、かつて青春の日をすごした平泉に下向せんとする、わが主従の運命をかえりみると、世の転変に心が動かないではなかった。飛ぶ鳥をも落すと言われた平家一門の都落ち、その跡を追う九郎義経、屋島やさては壇の浦の合戦。人間わざとも思われない快勝の連続だったのに、一旦のもつれから兄頼朝に容れられず、土佐坊昌俊一味の打手をさしむけられ、いくさには勝ったけれど、なつかしい都も身を置くに所なく、南海に落ちようとして風浪に妨げられ、吉野から南都に身をひそめ、今辛うじて北国落ちの手はずがととのうた。花はちり、色香はうつる。山の寺にいた時に、盛者は衰え、会者は離れる、人生無常と教えられて、鼻であしらって背を向けたものだったが、今になって見ると妙なしこりとなって、わが胸をゆさぶる。それにしても、善因に善果はないものかと、思いにふける弁慶をよそに、橋の下を賀茂川水がサラサラと流れた。

二

弁慶は都にかえって来て、暫くはホッとした。人目をはばかる身、義経等と主従幾人、討ちとられたり、わかれたり、やっぱり山寺や片田舎ではすぐわかる。鎌倉幕府の水ももらさぬ警戒の網には、用心してもかかりそうである。都ならさすがに人も多いけれど、また故を知りながら、かくまってくれる同情者もいる。二、三人は托鉢、巡礼してもどうにかなるという算段であった。しかしやっぱり長居は無用、そのうちにはシッポをつかまれるというので、その地、その人、義経にとっても昔なつかしい奥州の平泉下りの相談となった。

いでたちは山伏姿ということにして、さて誰々について行ってもらうか。参謀の弁慶には一方ならぬ苦労である。男はまだよしとして、女はどうしよう。どちらも未練たっぷりだった静御前には、因果をふくめて吉野から都にかえし、義経にもつらい思いをさせた。白拍子《しらびょうし》（遊女）出身というだけに、話がわかればさっぱりしたものだった。しかし今度はそういかぬ。義経にとっては正室、名流久我家の姫君である。しかも九つで父大臣になくなられ、十三の時に母君をも失って、今は乳母の夫、十郎権頭《ごんのかみ》より外にたよる所もない方で、どうやら身ごもってもいるらしい。都にかえった義経主従を、心からよろこんでむかえてくれたのは、実はこの北の方であった。

弁慶はこれまで、実は色好みの英雄である主義経に対して、たびたび苦言を呈して来た。静御前を手もとに置きたがるのを、無理にも別れさせたことが、こうした都への潜行にも成功した。しかし今度ここで北の方と別れたら、それは生別と死別とを兼ねるものだ。静御前もどうやら身重であったらしいが、義経の子だとわかったら、なさけも容赦もない鎌倉のことである。罪もない赤子の息をとめて、母だけが知る悲しみを深くさせるにちがいない。義経の血統をひくものをのこすためにも、北の方だけは、一行に加えねばならないと思った。

さりながら「おれも、わたしも」と志願する従者をできるだけへらして、わずかの人数で北国路を下ろうと思う弁慶が、まっさきに女性一人を一行に加えようなどとは、なかなか自ら言えた義理ではない。そこで義経には「またか」と思われることを百も承知の上で、北の方は都に居残ってもらうと言い出した。語気もあらく真顔《まがお》での発言であった。弁慶の計略は図にあたって、「まア、まア」というとめ役があらわれた。弁慶はやむなく同意するように見せかけて、「さらば御一同、行くところまで行って、もしいよいよかなわぬときは、まず北の方を刺殺し、一同自害の御覚悟よろしきや」

と、いよいよ最後の腹をきめた。かくて北の方は稚児《ちご》の姿によそおわせ、荒くれの山伏どもにまじり北国落のかどでをした。そして行く行く無難に通り過ぎたが、越前の平泉寺にさしかかった時、法師どもは必定義経一行とにらみ、これをうちとめようとしたが、思わずも眉目美しい稚児が居るのに目がうつり、「あれよ、美し」などためらう間に、稚児姿の北の方は笙をとり出し、義経は笛を吹いて、またたくうちに管絃の合奏となった。衆徒は見とれ、聞きとれて、吟味してつかまえようなどいう心もやわらぎ、一行は難をのがれて、また旅をつづけた。弁慶はもし北の方を加えていなかったらと思いながら、ぎょっとして、若い時にタワゴトとしかうけとれなかった法華経の竜女成仏のことなど、あらためて思いやった。

三

都を出てはや幾日、義経主従は加賀の国安宅の関にさしかかった。ここを守るのが加賀の国の家人、富樫《とがし》左衛門尉家経で、鎌倉幕府からは、義経主従十二人が山伏姿に身をやつし、みちのくの平泉へ下向のうわさがとりどりであるから、からめ捕ってさし出すようにとの厳しい命令であった。そこへ一行到着というわけであるから、吟味も勢い細かで厳しからざるを得ない。

義経一行は治承四年に炎上した東大寺大仏殿の再建のため、諸国勧進《かんじん》（寄附募集）の廻国山伏というふれこみであるから、従って弁慶はここでも、仏の教えやら、寺の縁起《えんぎ》、因縁《いんねん》なども一通り説明しなければならなかった。下役の吟味がすむと、富樫家経がじきの調べになる。その一問一答に、応答の役は専ら弁慶がひきうけた。「勧進とあらば何か証拠があろう」と問いつめられて、弁慶が負うて来た笈《おおい》から一巻の経巻をとり出し、口から出まかせに読み上げたのが勧進帳である。真偽をたしかめようとして富樫がのぞき見しようとするのものぞかせない。ましてて手渡しして見せよというのにも、これだけは聖なるものとしてこばむ。戯曲や歌曲の「勧進帳」は、この場面を中心にして仕組まれたものである。

弁慶は人の生涯に於けるめぐりあいをふしぎに思った。若き日に叡山の西塔で聞きかじって、それをすて、それにそむいて来た仏の教が、今こうしてずぶのしろうとに対しては一かどの善知識になる。自ら救われるばかりでなく、主君や同輩をもたすけるのである。こうして弁慶のでたらめの言いわけにもかかわらず、関所の吟味が事なくすんで、いよいよ通されることになり、さて旅装をととのえて、更に北国路を下ることとなった。しかし何と言っても、義経にはなれない長旅である。足をいためて、ともすれば一行におくれ気味である。富樫はそれを見とがめて、

「そこなる若いもの、山伏とも見えぬ足弱である。定めしさいもあろう。もう一度吟味を」

と下知したから、富樫の部下たちは、バラバラと義経を囲んだ。間一髪、いささかのためらいも許さない。弁慶はすぐに義経につめより、

「あいや方々《かたがた》、暫く、この若者は足弱で、われ等にはじゃまもの。うぬがぐずぐずしているために、われ等まで疑われる。おのれこうしてこらしめてやる」

と、金剛杖《こんごうづえ》をとりなおし、義経をめったうちにたたいて見せた。されば富樫等も疑いがはれて、文句を言わずに山伏一行を通してやった。

関所が見えなくなったはるか彼方の砂丘のかげにたどりついた時、弁慶は、

「方便のためとは言い、けらいの身として主人をうちたたくこと、万死に値しまする。どうぞ心ゆくばかりの御成敗を」

と地にひざまずいて義経にわびた。義経は、

「お前のきてんで事なくすんだ。この後もよろしく頼むぞよ」

っとした。

と笑って許してくれた。弁慶はまたしても「方便」という昔覚えた仏語を使っている自分には

四

束稲山《たばしね》、北上川、義経一行はかつて親しんだ山河に迎えられて、平泉に入った。何よりもうれしかったのは、昔にかわらぬ藤原秀衡のあたたかい、かゆいところに手のとどくようなもてなしであった。義経一行のためには、高館《たかだち》の要害に居所を与えてくれた。義経にして見れば、ここから平家追討の応援に出かけた時、自分につけてもらった佐藤継信が、屋島の戦に自分の身がわりとなって、能登守教経の強弓の矢表に立ち戦死し、その弟の忠信とは別れ別れになってしまって、一行に加えることができなかったので、その父信夫の庄司佐藤基治に顔を合わせることは、もっともつらかったに違いない。しかし弁慶にとっては、もう大船にのったような気もちで、平泉の生活は平和に満ちたものであった。何よりも主君義経に平安な毎日がつづくことが、弁慶をよろこばせた。

けれども好事はとかく魔が多く、義経最大の理解者であり、保護者であった藤原秀衡が、天寿には勝てないで、ついにあの世の人となった。源平の争いをよそに、奥羽二国の平和を保って、びくともさせなかったこの人も、臨終の枕もとに、泰衡、国衡、忠衡などの諸子を招き、「奥羽二国の平安を保て。けれども若しそれがおびやかされるときは、戦いの天才判官義経殿を主将と仰ぎ、必ずその節度にたがわぬようにせよ」

と遺言して、金色堂の中に納められ、父祖と同じくミイラとして保存せられることになった。

然るにこれを機として、鎌倉幕府の源頼朝は、かねがねなきものにしたいと思っていた義経を亡ぼそうとし、おどしたり、すかしたりして泰衡に命じ、義経を討たせようとした。泰衡は父の遺言にもかかわらず、そろそろ義経に対して備えを始めたので、弟の泉三郎忠衡がつよくこれに反対し、たびたび兄泰衡に苦言を呈した。そこで泰衡は、まず義経を高館に攻め亡ぼし、ついで弟忠衡をも討ちとった。弁慶は高館で義経の最後を見とどけ、それから例の大なぎなたを水車のように振廻し、寄手《よせて》の中に割って入り、だんだんに衣川の方に切り開いて行った。何しろ雲かカスミの如き大軍で、近づくとあぶないと思う寄手は、遠矢を射たから、弁慶のからだにはまるで矢立てのように矢がむらがり立った。そして大なぎなたを杖ついて、いつまでたっても動かなくなったので、恐る恐る近よって見ると、弁慶は立ったまま戦死をとげていた。世にこれを弁慶の立往生といい、その姿そのままの木像が、中尊寺の弁慶堂に安置せられている。死もまた立往生であったのは、弁慶にとっても心外であったかも知れない。

五

源義経が平泉に死なずに蝦夷（北海道）にのがれ、弁慶もまたこれにしたがい、ペンケ岬の名をのこしたというのは、江戸時代になって、蝦夷の地理がだんだん明かになってから語られるようになった。あれほどいくさ上手の義経が、泰衡風情に負けるはずがない、死なせたくないというのは人情である。しかしまた一面蝦夷入りをしてアイヌ人にかしずかれ、肉をくらい羽毛をきる晩年を送ったと考えることも、判官びいきのひき倒しの観がなくもない。同じ落人伝説でも、豊臣秀頼が薩摩の島津氏にかくまわれたというのとは、全く事情が異なる。どのみち義経の終末物語は、死んだというのも、生きて逃げたというのも、その源は平泉から発したものであろう。

　宮城県栗原郡金成村の畑天神社縁起には衣川の高館が陥るや、三迫沼倉村の盤代館主、杉目九郎行高が義経の身がわりとなり、首をきられて鎌倉に送られ、義経は堀弥太郎（金売吉次信高改め）以下、五十余人をしたがえて蝦夷千島にのがれたと言っているが、まさに義経勲功記の流れをくむものである。

　しかし封内風土記や奥羽観跡聞老誌には、義経高館に自刃の後、沼倉小次郎高次（栗駒村沼倉の万代館主）というものが、これを沼倉（栗駒村）に葬むるといい、胆沢郡衣川村の妙好山雲際寺には捐館　通山源公大居士神儀　文治五年閏四月廿八日源之義経とかいた位牌を安置している。この寺は文治二年、義経を平泉まで送りとどけた阿闍梨民部卿禅師頼然《らいねん》が中興したもので、義経にとどめられて帰京を思いとまった頼然が、その死をいたみねんごろに跡をとむらったところとせられる。また栗原郡津久毛村信楽寺跡には、正面に「正応六年二月二十日」左に「石刀現宿」右に「皈真密法敬白」と刻する藤原泰衡の墓と称する古碑にとなって、義経、弁慶の石碑なるものがある。明治二十四年、渡辺俎豆治《そとじ》により建てられたもので、その文は次のようである。

古塔泰衡霊場墓　　文治五年

源祖 義経神霊 見替杉目小太郎行信碑

西塔弁慶衆徒霊　　四月十七日祭

弁慶辞世　六道のみちにちまたに待よ君おくれ先たちならひありとも

義経生害辞世　後の世もまた後の世もめくりあえそむ紫の雲の上まで

水辺梅　末むすふ人の手さへや匂ふらん梅の下行水のなかれは

歴史は夜つくられるのか、それとも昼つくられるのか。安宅関で、でたらめな勧進帳を読んだ弁慶ではあるが、こうなると方便を教えた仏に対して、あの世からにがい顔をしているかも知れない。

註　謡曲の安宅、錦戸、舞の本の高館など参照。

名取老婆

陸前の名取郡は一に丹取《にとり》、名虎《なとら》などの別名を伝えられるところで、いろいろな史跡に富み、仙台よりもはるかに古くから開けていた。一条天皇の御代、陸奥にくだった中将藤原実方にゆかりある笠島の道祖神、歌枕として知られる竹駒の松、六十六郷に根をはった名取森の埋木《うもれぎ》、有也無也《うやむや》の関、盤神山《ばんじん》、さては百合若大臣に硯をもたらさんとして倒れた緑丸という鷹をうずめた長谷の鷹硯寺《ようけん》など、かずかずの物語も伝えられる。

崇徳天皇の保延年間、奥州巡礼を志した一人の山伏が、紀伊の熊野に参って、しばらくおこもりをしたことがある。そして社前でまどろんでいると、一老翁があらわれて、一枚のナギの葉を与え、

「お前さんが奥州へ下るなら、名取というところに信心な一老女がいるから、この葉をとどけてくだされ」

と言われたと夢見て目がさめた。老翁の姿は見えなかったが、座にナギの葉だけが残っていた。

山伏はさだめしわけがあることと思い、一枚の葉を大切にして奥州に下った。そして名取と

いうところまで来て聞いて見ると、なるほど名取老婆、熊野老婆など、近所近辺の評判が高い老婆があった。そこでもって来たナギの葉を渡して、わけを話すと、老婆は目をしばたたきながら、しげしげその葉を見つめていたが、虫くいの跡のように見えるところをたどると、

道遠し年もいつしか老いにけり
　思い起せよわれも忘れじ

という一首の和歌であった。

この老婆はだいの熊野信心で、若い頃から、遠い道をもいとわず、毎年紀州まで熊野参詣に出かけた。しかし七十の坂を越えると、それもかなわなくなって、自宅の近くに熊野社を勧請、毎朝これに代参をした。さればこのことがあってから、一念が神にとどいて、神のお示しをいただいたものとなし、いよいよ信心の心を固くした。

名取郡高館の赤坂山熊野堂を中心として、名取熊野新宮、老女宮などがあるのは、こういういわれからである。

注　新古今集神祇歌に「道遠し程もはるかにへだたりぬ思いおこせよ我も忘れじ」と見える。

西行と文覚

西行法師は京都の生まれ、俗名を佐藤義清といい、俵藤太秀郷の子孫ということで、武士として院の御所に仕え、警備の役に任ぜられたが、上役にもかわいがられ、仲間からのうけもよく、出世もできそうだった。けれども彼は名利を求めないで、むしろ寺に入り仏の教えをきわめたいという心が深かったから、役を進められて検非違使《けびいし》に補せられようとしたけれど、それは罪人をつかまえるのが職務であったから、とうとう辞退してうけなかった。たまたま親しい友人が急になくなって、人生の無常、今日あって明日がはかられないはかなさを感じ、ついに妻子をすてて出家し、嵯峨《さが》におもむいて僧となり、西行と名のったのが二十三歳の時であった。

西行は、出家は家なし、行脚《あんぎゃ》をして全国をめぐり、一生をすごそうと考えた。そして名勝をたずねては、歌をよみ、多くの名吟《めいぎん》をのこした。後鳥羽天皇の文治二年、源平の合戦がすんだばかりで、源義経が行方をくらましたり、源行家が殺されたり、何となくまだ世がさわがしかった頃、鎌倉にたどりついて、源頼朝と会見したことがあった、頼朝は、歌道や兵戦のことを西行にたずねて見たが、兵戦のことは出家の時、祖先秀郷以来家に伝えてあったものを焼失し、今は心にとめているものがなく、歌道のことは、ただ花を賞し月をながめて、心に動くことを述べるだけのことであると答えて、詳しい話を避けようとしたが、しかし兵馬交戦のことについては、かさねていろいろ問われるままに、西行も知っている限りのことは答えて置いた。そしてしきりにとどめられたのを辞退して、また旅をつづけようとすると、頼朝から銀づくりの猫をおくりものとしたが、西行はそれをもらって、門を出るとそこに遊んでいる子供たちにやってしまった。西行はその頃東大寺再建のために、諸国を勧進している重源《ちょうげん》上人をたすけて陸奥の黄金の寄進をうけようと下向の途すがらであったから、道草を食うのがいやでもあったろうし、また自分が銀の猫などをもらうことも本意ではなかった。しかも頼朝は頼朝で、すでに前年重源上人にじきじき八木（米）一万石、沙金一千両、上絹一千疋をおくっていたから、西行に対しては、ほんの寸志で間に合わせたわけである。

宮城県松島の長老坂には、西行法師の戻り松というものがある。実はこの長老坂は、もと眺望坂のなまりで、ここから光る波間にうかんでいる緑濃き大島、小島が、一望のうちに収められるというわけである。西行法師が奥州下りの時のこと、この松の木の根元に腰うちかけて休んでいると、牛を追いながら過ぎていく牧童がある。そしてしきりに草をむさぼり食う牛に向って、

「いつまでもあこぎには食わぬものぞ」

と言うのを聞いて、西行はびっくりした。それは外ならぬ北面の武士佐藤義清として、思いを寄せた宮仕えの女房から、

「あこぎが浦よ」

と言われた一言、うべないの意か、たしなめたのか、それを解し得ないで、限りなきあこがれをいだきながらも、そのみたされないままに、出家の身となり、法体に墨染の衣をまとうて、西行と名のったのである。それをこのみちのくの片田舎、小わっぱ牧童の口から同じ言葉を聞いたのである。そこでかつは驚き、かつはよろこんで、

「拙者は西行というもの、今お前さんの言うたあこぎとはどのようなこと」

とたずねると、牧童はしげしげと西行の顔を見ながら、

「西行は歌の名手と、ここらあたりでもはやしているのに、あこぎということを知らないとは……」

としたり顔に、

「伊勢の海、あこぎが浦にひく網も、たびかさなればあらわれやせん」

と高らかに古歌を吟じて、いずくともなくその場を去ってしまった。西行は、はじめて歌意を

さとり、あこぎの語を解したが、しかし和歌の才をもって任じながら、山里の一牧童にも及ばなかったことを恥じ、更に修業を志して、ここからさきに赴かず、松島を見ないで引返したというので、これを西行戻り松と呼ぶこととなった。牧童は松島寺の宮千代であったとも、松島明神の化身であったとも伝えられ、あるいは西行法師と歌問答をしたともいう。

それは和歌自慢で天狗になっている西行が、松の根元に休みながら、からかい半分に草刈る牧童に向って、

「月にそう桂男《かつらおとこ》のかよい来てすすきはらむは誰《た》が子なるらん」

と詠じて、どうだい小僧、歌がわかるかいとばかりにいどみかけた。草刈る童子は即座に、

「雨もふりかすみもかかり霧も立つはらむすすきは誰が子なるらん」

と返歌したので、西行はびっくりした。そして、

「お前はただの百姓の子ではあるまい」

とたずねると、童子は笑って、

「冬萌えて夏枯れる草を刈るのが家業だよ。松島は天下の霊場、歌人も学僧も沢山いる。お前さんぐらいの生臭《なまぐさ》坊主は掃くほどいるから、わざわざ恥をかきに行くよりは、ここから戻る方がかしこいよ」

とずばり言ってのけた。西行法師は自慢の鼻をへし折られて、ここから戻ってしまったとも伝えられる。

童子は松島五大堂の北の坊の稚子《ちご》、十三歳の頃見仏上人について法華経をならい、容顔美し

く道心堅固、神童として里の人々からは山王権現の生まれかわりと仰がれた。

平泉への途上、言わば道草に類する物語であった。

いよいよ平泉についたのは、陰暦の十月であったから、紅葉も散ってしまって雪が降り嵐がはげしい冬であった。豪華な生活をもって京都までも知られる藤原秀衡が、やはり藤原秀郷の子孫ということで、西行は血のつながる温かさを感じて来たものの、平泉の山、川は、もう目を楽しませるものもない冬枯れであった。

とりわきて心もしみてさえぞわたる衣川見に来る今日しも
衣川汀《みぎわ》によりて立つ浪は岸の松がね洗うなりけり

歌の感じはさびしい。やはり衣をかさねながら、つめたい川風にふるえながら詠んだのであろう。

聞きもせず田束山《たばしね》の桜花吉野の外にかかるべしとは
奥に猶人見ぬ花のちらぬあれや尋ね越ゆらん山ほととぎす

晩春から初夏にかけて、陸奥では百花が一時に開く。北上川の東に悠然とそびえる馬の背のような田束山には、安倍氏の時代から植えてある桜がらんまんと咲く。花から新緑へ、また陸奥の初夏は生気があふれる。鶯も雲雀も、カッコウも山ほととぎすも、声をそろえて交響楽さながらの情景を展開する。南国生まれの西行は、きっと珍らしさに目を見はったに違いない。

秀衡は心から西行をもてなした。寄進も沙金五千両をきばった。何年でも居ってくれというのを、西行はここでもふりきって、西に向って帰途についたと伝えられる。しかし西行の歌集には見えない歌が一首、地方には残っている。

みちのくの門岡《かどおか》山のほととぎす稲瀬《いなせ》のわたしかけてなくらん

門岡山というのは江刺郡の国見山で、稲瀬の渡は門岡から隣郡胆沢の相去に渡る渡船場である。西行がここまで足をのばしたか否か詳かでない。しかし国見山から稲瀬の渡にかけての初夏は、偽作にしてもしみじみと歌のおもむきを、ゆたかに感得させるところである。

西行法師のひきあいに出される人に文覚《もんがく》上人がある。これももとは武士で遠藤盛遠といい、御所の衛士であった。十八歳の時、源渡の妻袈裟《けさ》御前に思いを寄せ、あやまってこれを殺してしまった。袈裟は一にアズマといい、母とともに衣川に居り、その家が豪富で衣川殿と称せられた。あるいは今の胆沢郡衣川村向館《むかいだて》が、その跡であるともいう。袈裟は容姿が美しく、上西門院に仕え、やがて源渡の妻となった。ところがその父の甥、つまり袈裟には従兄妹の遠藤盛遠が女を一見して忘れ得ず、ついにその母にせまって、袈裟をおのれが妻に迎えようとするに至った。もとより袈裟に対しても、その意に従わんことを求めてやまなかったので、袈裟は一計を案じ、わが身を殺して母への孝、夫への節を全うしようとした。すなわち盛遠に告ぐるに、今宵夫の渡を酔わせ、髪を洗って寝かせて置くから、寝間に忍んで来て、髪のぬれているものの首をきって殺すことを求め、夫が殺された後は、盛遠の妻になろうと約束した。そして袈裟は自ら髪を洗い、男装してやすんで、夜なかに忍んで来た盛遠のために殺されてしまった。

かくて夢中で走り去った盛遠は、首をあらためてびっくりした。思う袈裟はもう帰らぬ人、悲痛の限りを渡の家に行って一切を明らかにし、死のうとするのを渡に制せられて、髪をそって僧となり文覚と名のった。そして紀伊の熊野に至り、那智の滝に打たれつづけて七日間も立ったりする、荒い修業をこころみた。

ある時、事を訴えようとして後白河上皇の宮中に参り、廷臣たちが歌舞の最中で、一向ふりむいても見なかったので、一廷臣を斬って罪をうけ、伊豆に流されたが、当時同じく伊豆の流人であった源頼朝に近づき、頼朝はこれを相談相手として重用した。されば平家を亡ぼすの後は希望通り文覚を京都にかえし、高雄の神護寺に居らしめ、文覚はかねての宿望をとげて、この寺を再興した。

こういう剛気な文覚のことだから、出家として僧のつとめもせずに、歌をよみ周遊を事とする西行に対しては、かねて不快の念をいだき、ふだん弟子どもの前ですら、

「西行は仏門の賊だ。今度であったら、打《ぶ》って頭を割ってやる」

と言っていた。ところがある時西行が高雄の神護寺にたずねて来ると、文覚はよろこび迎えて、下にも置かぬもてなしをしたから、弟子たちは、

「先生、話がちがうじゃありませんか。西行法師をなぐるはずでしたのに……」

とからかうように言うと、文覚はまじめで、

「お前たちにはわからんのだよ。西行はえらいよ。わしに打たれるようなはしたものではない。かえってわしこそ打たれそうだよ」

と答えて、若い弟子たちをさとした。

福島県安達郡糠沢や岩手県北上市相去及び西磐井郡平泉町長島などには、文覚の墓というものがあり、福島県安達郡深堀の遠藤の滝は、東に下った文覚が、杉田川を渡ろうとして、上流に梵字のカンマンという字が浮ぶのを見、定めし不動明王がおわすことを思い、川上にさかのぼって見つけたもの、文覚はここでも滝にうたれて荒行をした。また宮城県本吉郡の荒浜不動は、文覚が身の守りとした仏であると伝えるなど、衣川出身と思われている文覚は、陸奥のあちこちに縁が結ばれている。

西行の方はあれだけ歌僧として知られながら、その墓も久しくわからなかったが、これも安芸広島の生まれで和歌をよくした摂津須磨寺の似雲《じうん》（如雲）が、百方手をつくしてあちこちと探し求め、石山寺観世音のお告げにより、河内の弘川寺に見出した。そして自らそこに庵居したが、この人も享保十六年仙台侯伊達吉村に招かれて、奥の細道をたどったことがあった。

金光と牛

一

奥州に於ける浄土教布教の草分けをしたのは筑後竹《たか》野《の》郡石垣山観音寺の金光《こんこう》で、隆光、聖光（弁長）とともに、法然上人源空の弟子のうちでも、三俊といわれたすぐれた人である。土御門天皇の正治年間、師命をうけて、今の宮城県栗原郡菱沼に来り、ある一農夫の家を宿とした。ところがその一農夫は、金光をもてなすことがあつく、下にも置かない応待ぶりである。しかしこの農夫は、仏の教がありがたいのでも、金光を尊いと思うでもない。実は同じ国遠田郡の牛飼に、実直な生まれで神や仏を敬うことあつく、旅僧を大切に養ったところが、その僧が牛になって、家業の手伝いをしてもらっている農夫がいることを聞き、自分のところにも僧が来たら、これを養って牛となし、富をつみたいという一念からで、自宅近くに庵室を立て、ここに金光を居らしめ、だいじに奉養した。

ところが待てどくらせど、金光は牛にならないで、反対に農夫のカラダがだんだん牛になりかけた。ちょうど件《くだん》の話のように首だけは人間であるがカラダや手足は牛になってしまった。金光はびっくりして、しきりに念仏を唱えるようにすすめるけれど、農夫はなかなかこれをきかず、従ってそのしるしもあらわれない。困った金光は、京都に帰って、どうしたものか、できればじきに法然上人に奥州に下っていただきたいものと、師の僧に相談をもちかけた。すると法然上人は、自ら鏡に向って絵姿をえがき、これを金光に授けて、また奥州に下らせた。

金光がもって下った法然の絵姿は、牛になりかけた農夫から見ると、まるで金色の光がさすかがやかしいもので、その神々しい姿に、ひとりでに頭がさがった。そしてかたくなな心もほどけて、いつしか念仏も本気で唱えるようになった。するとこの半人半牛の農夫が、角がくずれ毛が抜けて、もとの人間になった。本人はもとより、妻子も非常によろこんで、さすがの農夫も髪をおろし、金光の門弟となって、法然の絵姿をまつり、その地に寺をたてて往生院と名づけた。金光はさらに旅をつづけ、津軽まで行って西光寺をいとなみ、建保五年、六十三歳で、西光寺でなくなった。

二

牛にゆかりある一人に、出羽の天真自性《てんしんじしょう》和尚がある。幼い時に父を失い家が貧しかったので、塩売りをして母を養った。ある日のこと牛に塩を負わせて川を渡ったところが、流れが急であり、石がなめらかで、牛が進むことができなかった。そこで一生けんめいムチをあてて牛を追ったけれど、牛はただ悲しい声をあげてなくばかりで、一歩も動こうとしない。そこで彼もまた悲しくなって、父の業をついで他人から借りていたものは払ってしまったが、自分のくらしのために、牛をこれほどまで無慈悲に使いまわすのは、罪が深いことだとさとって、負わせているところの塩を捨て、牛を野に放ち、家に帰って母にわけを話して、出家を許してもらった。越前に普門山慈眼寺を開き、応永二十七年になくなった。あるいは若い時から力がつよくて、たびたび戦功を立て、一日戦場で敵ときり合いをしてから、たちまち反省になやまされ、弓や刀を捨てて、峨山門の丹波永沢寺の寂霊《じゃくれい》の弟子となり、夢のお告げにより地を掘り、観音像の出て来たところに慈眼寺をたて、応永二十年になくなったという別伝もある。

三

岩代の安達郡川俣《かわまた》に頭陀《ずだ》寺を開いた青岑珠鷹《せいきんしゅおう》は、武蔵の出身とも、肥後の人とも伝えられる。羽前米沢の瑞竜院実庵和尚の導きを得、後諸国をめぐり、伊勢の朝熊《あさま》山にのぼって虚空蔵《こくぞう》さまから、その縁が東方にありとのお告げをうけ、奥州に下った。そして明徳頃、磐城石城郡飯野竜門寺を開いて、岩城朝義の帰依をうけ、更に文明年間、後の仙台侯の祖、伊達種宗に招かれて、頭陀寺の開山となった。しかし寺領を寄進しようというのを辞退して、谷川の水をのみ木の実を食い、常に山にのぼり石上に坐禅し、好んで松を植えて自ら栽松道者といい、かれこれ二十年も、仙人じみた生活をつづけた。そして牛を養っていて、草籠を負わしめて村の方に放つと、民家ではそれぞれこれに米を施捨、籠一ぱいになると、牛は寺に帰って来たものだという。永正三年六月になくなった。

中世

白ひげ水

早池峯山は、岩手県の上閉伊郡と下閉伊郡との境にあり、六角牛《ろっこうし》、石神山《いしがみ》とともに遠野郷の三山と称せられ、また岩手山とならんで、夏になると南部参りと称し、遠近から登山客をひきつける。山の麓に川原坊という所があり、今ではたしか登山者の垢離《こり》かき場、すなわちはらい清めの場となっているが、昔、ここに寺があって、一人の僧が住んでいた。ある夜のこと、炉に火をたきながら、そのまわりに餅を並べて焼いていると、身のたけ六、七尺とも見える老婆が、頭には雪をいただき、眉毛を長くのばし、目が大きく、口はひろくて耳のあたりまでさけ、ものすごい姿、容で、幾人も幾人もあらわれ来り、焚火にあたって暖をとりながら僧の焼いている餅を一つ一つとりあげて、みんなたべてしまった。僧はただ恐ろしくて、一晩中ふるえていた。どこに去ったかもたしかめないでしまった。次の晩にもまた来たけれど、餅がなかったので、ただ火にあたっただけで帰ったが、これからたびたび来るようになった。

困りぬいた和尚は、いろいろと思案のあげく、ある日川原におりて、丸くて白い餅の形をしている石を幾つかひろって来た。そして炉のまわりに餅を焼くように見せかけて待っていると、白髪の老婆たちは、その日も例の如くにやって来た。そしてその白い焼石を、かたっぱしからとり上げて腹に入れた。和尚は老婆たちに、酒は飲まないかとたずねると、大好物だという。そこでこれも酒に見せかけて、用意して置いた油を飲ませた。ややあって老婆たちの口からは火がもえ出で、もがき苦しみながら昇天した。そして、

「あとのたたりは思い知れ。その時うろたえるな」

と口々によばわりながら、影も形も見えなくなった。

それからが大変で、早池峯山かいわいには、七日七夜ひきつづきの大雨が降った。この老婆たちにとっては、焼けつく、煮えくりかえるような腹の中の火事を消すためであったろうが、しかし下界に於ては、山も林も野も川も見わかちがつかないような大洪水となった。川原坊はもとより、油を飲ませたそこの僧も、流されていなくなってしまった。この時、白いひげをたくわえた翁が、くずれた塚の屋根にのって北上川を流れ下ったので、これを白ひげ水と称した。川原坊の和尚は、種山をこえて気仙まで流れた。そして股の流れついた所が大股《おおまた》、手のあった所は小股という名がつけられた。後深草天皇宝治元年のことで、北上川には、これ以前にも大洪水があったことと思われるが、洪水話はこれがはじめである。

紫波郡の佐比内では、大日影の滝に住んでいた大蛇が、年を経るにつれ、だんだん大きくなって来て、かくれる場所がなくなったので、大雨をよび、洪水として石の巻まで流れていったのが、白鬚水だというが、白鬚の由来がピンと来ない。

註　北上川の北上は日高見の転訛とせられるが、紫波郡徳田辺では、ミミラの川と称せられる。そしてたとえば東磐井郡薄衣あたりには、「お菊の水」など呼ぶ洪水もあるが、その故を詳かにしない。

正法寺の無底和尚

無底《むてい》和尚は能登《のと》の国の生まれで、総持寺《そうじ》に入り仏道を修めた。そしてどうにかして自分も寺を建てたいものと思い、越前《えちぜん》の国、気比《けび》の社に祈願をこめたこともあった。また観音さまの霊場として名高い、紀伊の熊野社にも参って十七日の間、熱心に祈願をしたが、つかれが出て、とろとろとまどろんだ。すると神さまがあらわれて、

「この石と同じ色あいの石がある山をさがしなさい。それがお前さんの寺を建てるところだ」

とお告げをうけ、目がさめて見ると、そこに青黒い石ころが一つころがっていた。無底和尚はこれをおしいただいて、諸国遍路の旅に出た。紀伊から一まず故郷

の能登にかえり、それから北国をめぐり、越後の国に入った。それは丁度、妙多羅天《またらてん》の荒れの日であった。

妙多羅天というのは、天香久山命《あまのかぐやま》（饒速日命《にきはやび》の子）をまつる西蒲原《かんばら》郡弥彦の弥彦神社の神宮寺にいた鬼女で、その荒れにはこんな由来があった。昔、蒲原郡中島村の猟師弥三郎というものが、矢郷《やごう》川の辺で、夜、漁をしていると、たちまち暴風雨が起り、雷鳴もひびきわたって、くらい中を近づいて来るものがあった。弥三郎はびっくりして、鎌をふるってこれをきったが、よく見れば鬼のウデであった。家にもちかえって、老母に事の由を告げると、老母はもじもじしていたが、たちまち鬼形に姿をかえその手を奪ってとび去った。そこで常日ごろ休んでいたその跡を見ると、枯骨がたくさんつみかさなっていたので、弥三郎はひどく打ちしおれ、弥彦山の麓の神宮寺に入り僧となり、寺中にいる妙多羅天という鬼女をも、修法によりこれをしずめた。弥彦山東の地方では、雨雪風雷がはげしいのを妙多羅天の荒れと称して、相いましめるようになった。

かくて次第に奥へ、奥へと志した無底和尚は、今の岩手県水沢市の黒石にいたり、その名の如く熊野でさずかった青黒い石がたくさんあるのを見つけ、その山の中に庵をかまえた。所の領主、黒石越後守正端《まさもと》、長部《おさべ》近江守重義などという武士がこれをよろこび、和尚をたすけて正法寺を開いたと伝えられる。和尚のたずさえて来たこの石は、今も寺宝として保存せられる。

ところが同じ正法寺の寺宝に、ホヤノの扇というものがあり、その由来とともに無底和尚のことも、別に伝えられている。奥州一関に、亀井辰次郎という若いものがあって、近所の若い衆とともに伊勢参宮に出かけ、伊勢の松坂の扇屋勘兵衛方で扇を買いもとめた。ところが店の娘であるお鶴に想いをかけられ、ホヤノ故にとこっそり一本の扇をもらった。それを同行の勘太という男から、ホヤノとはホイトの意であると、ひやかされた。ホイトとは乞食《こじき》のことで、勘太はやきもち気味で、でたらめを言ったのであったが、正直な辰次郎は大いに腹をたて、扇屋にひきかえしてお鶴をきり殺し、同行には一切口どめして帰国した。そしてその扇を郷里の旦那寺に土産にしたが、和尚はあまりによくできているのに不審をいだき、同行の浅次郎という少々足らぬ男をよんで、一切のことをききとった。辰次郎は父親とともに旦那寺によび出され、和尚からその非をさとされたので、辰次郎も思いつめて自殺しようとしたが、和尚はこれを制し、白無垢《しろむく》の浄衣《じょうえ》と名香とを与えて、再び松坂に赴かしめた。辰次郎が松坂についたのは、お鶴の四十九日の忌日の日で、すぐ見おぼえのある扇屋に行き、わけを話して仇討ちをしてもらいたいと申し出た。

一方扇屋では、お鶴の死から悲しいあけくれをむかえ、かわいい娘を殺したのは何者だろうと、易者《えきしゃ》をたのんでうらなって見ると、仏の七七の忌日に、殺した仇は先方からたずねて来るし、その上に扇屋には喜びごとがあろうとのことであった。またお鶴も毎夜両親の夢枕に立って、四十九日の忌日には、夫と心ぎめにした人がたずねて来るから、ぜひ夫婦にしてとせがむので、不思議に思っていたやさきに、ひょっこりと辰次郎があらわれたのであった。

扇屋の勘兵衛夫婦は、討たなければ自殺しようとあせる辰次郎を制し、これまでにあったうらないのことや、夢のことなど、ありのままにうちあけて、その場で娘の位牌《いはい》と婚礼の式をあげた。そしてお鶴の身がわりとして、親類からお三重という、なき娘と同年の娘を迎え、辰次郎にめあわせて、扇屋の後をつがせることとした。しかし辰次郎の心は鉛のように重苦しくなるばかりで、何とかして殺したお鶴の霊をなぐさめようと、一室にとじこもって、旦那寺からもらって来た名香をたき、夜な夜な心経を書きうつし、二年ばかりというものつつしみ深く過ごすうち、いつしかお鶴の亡霊がかよい来り、辰次郎と密語をかわすに至った。

ある夜、お鶴の亡霊が辰次郎に対して、辰次郎のタネを宿して臨月になるから、明朝までにお鶴の墓に、白木綿と銭六文とをそなえてくれというので、その通りにして置くと、どちらも翌朝にはなくなっていた。それから辰次郎は、毎朝お鶴の墓に六文ずつそなえたが、その頃墓所に近い飴屋に、振袖をきた十六、七の娘が、毎晩飴買いに来て、それが誰いうとなく評判になり、お鶴に似ているなど言いはやされた。お鶴の母親にもそれが聞えて来たので、他人にさえ見せる姿なら、まことの母に見せぬわけもあるまいと、こっそり飴屋に行って待っていたが、その日は姿を見せなかった。飴屋の亭主にきけば、その娘なら明日は用事で来られぬからと、いつもより余計に飴を買ったとのことで、もう母子の縁はきれたものかと、母親は泣く泣く帰った。

一方お三重にして見れば、幾日たっても辰次郎からやさしい言葉一つかけてもらえない。こらえかねてうらみ、不足のありったけを言ってやろうと、ある夜、辰次郎の室へ忍んで行くと、これ室内からむつまじい男女の語らいがもれて来る。たちまちそねみ、シットの念に燃えて、これを勘兵衛夫婦に告げたから、一波はやがて万波を生み、もつれのあげく、辰次郎は事の始終をうちあけなければならなくなった。しかし辰次郎からそれを聞いた父母は、いよいよなくなったお鶴が慕わしくなり、せめて影なりと見、声なりときききたいものと、物かげに身をひそめて、今か今かと来るのを待った。その夜、お鶴の亡霊は、かわいい乳のみ子を抱いて来た。そしておちつかぬ態度で、今夜はひどく胸さわぎがする。恐らくこの世の縁も今宵限り、いとしい辰次郎とももはや逢えまいとなげく。かくれていた父母はそれを聞いて、こらえかねて辰次郎の室にころげこんだ。しかしお鶴の姿は煙のように消えて、後にはただみどり子一人、いたいけにのこされた。

辰次郎は忘れ形見の乳のみ子を、大切にやしない育てた。ただ困ることには、いたく夜泣きをすることで、いろいろに手をつくして見ても、泣きやまなかった。するとある晩、お鶴が辰次郎の夢枕に立って、その子の夜泣きはとめるすべがないから、裏の竹やぶの辺に捨てて置くようにと告げた。扇屋にとっては愛娘の一人子、ふびんはふびんであるけれど、いたしかたなく人をつけて、竹やぶの側に捨てて置いた。するとそこに通りかかった旅僧が、これを拾いあげることとなった。旅僧は峨山和尚、諸国をめぐりながら伊勢の白子の観音に参詣し、その堂にとまると夢を見た。日ごろの信心を賞し、明日、松坂の宿で一人の仏弟子を与えようとのお告げで、心しつつ竹やぶの辺を通ると、子どもの泣き声がするが、それがことごとく経文を読む声だったので、これこそ観音さまのおさずけ下さる仏弟子にちがいないものと、拾い上げて育てた。この子はかしこくて、三、四歳で文字を知り、後に名僧となって無底和尚といい、黒石正法寺の開山となった。

永徳寺の道愛和尚

今の岩手県胆沢郡金ガ崎町の永岡に、永徳寺を開いた道叟道愛《どうそうどうあい》という和尚は、秋田生まれで、平氏出身と伝えられる。生まれつきもの静かなたちで、仏門に入りたいものと思い、はるばる長い旅をつづけ、その頃の仏教大学ともいうべき比叡山にのぼり、先生について仏教のけいこをはじめた。

然るにその頃の世の中は、いわゆる南北朝の戦乱がつづいて、さしもの延暦寺もこれにまきこまれ、後醍醐天皇の御でましをむかえてからというもの、延暦寺の山法師たちはいかめしい武器に身を固めて、戦備おさおさ怠りなく、おちついて修業のことも考えられなかった。そこで道愛は二十四歳の時、普通の人なら、血気にはやる心で、薙刀《なぎなた》でもふりまわして見たくなるのに、身にそぐわない北嶺の山に見きりをつけ、あちこちと高僧知識をたずねて、能登の片田舎に総持寺を訪い、峨山和尚に弟子入りをした。

峨山は道愛の志のほどを聞いて、心を傾けてこれをみちびき、教義の奥まで究めさせるとともに、大切にしていた自分の法衣や払子《ほっす》などまで与えて、

「お前さんの法縁はやはり奥州にありますじゃ。今がその時で、ぐずぐずしていたら立ちおくれになりますで、今日にも出かけなさい。しっかり頼みますぞよ」

と言ってくれた。いつかはそういう時がめぐって来ようと思っていた道愛も、実はあまりに突然のことで、師命はともかく、自分の修業もまだできたとは思われなかったので、峨山と別れてから、こっそり鷹尾観音に一七日のおこもりをして、さいさきを祈り行道の栄えるようにと願った。ちょうど満願の日である。観音さまが夢枕に立たれて、

「お前さんが師命に従って東方に行くのはまことによい。ここに一振の劒があるので、お前さんに与えるから、この劒のとどまった所にお前さんもとどまり、よそに動かぬがよい」

とのお告げをうけ、目ざめてとても喜んだ。こうして行く行く草深き山里にわけ入り、奥の胆沢郡の胆沢川のほとりに至った。すると忘れもしない夢に見た劒、長さといい、形といいそのままに、川の水に浮んで流れている。道愛はよろこんでこれをとり上げ、

「神劒果して霊応がある。かさねてそのとどまるところを御示しあれ」

とこれを淵になげ入れると、見る見るうちにその劒が流れをさかのぼり、とある山の下まで行って動かなくなった。道愛はそこに柴の扉、カヤの仮屋の庵室をかまえたが、程近き生城寺《しょうじょうじ》館（柏山館《かしわやま》）にいた郡主、柏山氏が、道愛の風をしたい、地と財とを寄せて、延文元（正平十一）年に報恩山永徳寺ができ上った。道愛は康暦元（天授五）年になくなったが、応安五年、後円融天皇から仏法禅師とおくり名をたまわり、永徳寺は、田舎ながらに黒石の正法寺とならんで、奥の曹洞宗出世道場となった。

玄翁と殺生石

玄翁和尚は源氏の出身、越後の人で、十九歳の時、総持寺の峨山和尚について禅を学び、一に源翁とも称した。会津の慶徳寺にありし日、あるとき五峰《ごほう》に遊んだところが、一人の老翁がひょっこり玄翁の前にあらわれて、この山の護法神なりと称し、しきりにこの山に寺を開いて教をひろめることをすすめた。玄翁はそこには真言寺院があるので、その上新しく寺をたてることも許されまいというと、翁はひらきなおって、今や満山の僧徒が、戒めをやぶり行儀がみだれ、寺をけがすことが久しいから、われこれ等の徒を追いのけ、師をむかえようと約して、たちまち姿を消した。

その後まもなくこの真言寺は火事でやけ、山は地震でくずれ、怪しいこともつづいたため、もとの寺僧たちは、恐ろしくなっていつしがちりぢりになった。そこで玄翁は約束とおり、ここにうつって来て示現《じげん》寺を開いた。長慶天皇の天授元年のことで、たまたま山中の大木に落雷、三日も焼けつづけたが、その根から温泉がわき出で、さきの老翁がまたあらわれて、和尚のためにこの温泉をわかせたから、人々をこれに浴せしめて、化をたすけよと告げて姿を消した。この頃、下野の那須に殺生石《せっしょうせき》という毒石があり、野を走る獣、空飛ぶ鳥も害せられたから、玄翁これをあわれみ、一日、祈って調伏《ちょうぶく》し、杖《つえ》をもってうてば、ために石がくだけて、そのうれいがなくなった。

この殺生石は、実は九尾《きゅうび》の狐のなれの果とせられ、天竺《てんじく》、シナ、日本の三国をマタにかけ、わざわいのかぎりを与えてあるいた悪逆のものであった。もともと九尾の狐は、王者の徳が鳥や獣にまで及ぶような和平の世態に、竜、鳳凰《ほうおう》などとともにあらわれるめでたい獣とせられるのに、どうかんちがいしたのか、殷《いん》の紂《ちゅう》王の妃《きさき》、妲巳《だっき》に化けて、夫王に悪逆をすすめ、ために殷が亡びて天竺（印度）にのがれた。そして天竺では民千人の首をきって班足《はんそく》王にまつられ、やはり悪逆をなすためにとどまることができないで、再びシナにもどって来て、今度は楊貴妃となり、玄宗皇帝に仕えて唐の国政をみだした。それから遣唐使の帰国にしたがい日本に潜入したが、なかなか得意な魔性をはたらかせる機会がなくて、久しく雌伏していた。

その後、堀河天皇の御代、院の北面たりし坂部庄司行綱というものが、とがめをうけて山科《やましな》に閑居、いかにもして許されたいものと思う一念から、朝夕神仏に祈請し参籠などした。ある日のこと、京都は東山、清水の坂で女の捨て子をひろうて帰り、これをそだてて行くうちに天成の麗質、世にもまれなる美女となり、やがて事がミカドにもきこえ、鳥羽院の御側にめされて玉藻《たまも》の前と称した。何ぞ知らん、実は外ならぬ九尾の狐であったのである。然るに間もなく鳥羽院が御病気になり、加治も治療も効がなかったので、陰陽頭《おんようのかみ》安部清明（一に泰成）にこれをうらなわしめたところ、全くこれ玉藻の前のなすところで、その身が人間でないことがわかった。だから玉藻の前も宮中に居たたまらなくなり、のがれて下野まで落ちのび、もとの狐の姿にかえって郡須野にかくれ、また四近の人畜を害することとなった。そこで近衛天皇の御代、相模の三浦介義明、上総介平広常、下総の千葉介常胤などの関東武士に下知し、那須の領主、須藤権頭《ごんのかみ》貞信をたすけて退治せしめたが、狐は義明の矢にあたって最期をとげたけれど、悪の執念がこり固まって毒石となり、人畜これにさわれば、立ちどころに死する恐ろしい殺生石となった。

その後、いろいろの僧徒が、これを調伏せんとしたけれど成功しなかったが、示現寺の玄翁がこの地にいたり、法を行い教を説き、杖をあげて一下すれば、石は三つに裂けて石霊が去り、長い間のわざわいもやんでしまった。あるいはこの殺生石を調伏したことを、摂津護国寺の大徹宗令の手で行われたと説くものもあるが、大徹宗令も峨山門下で、玄翁には師僧であった。また九尾の狐は、シナではもっと時代がおくれて、はじめ周の幽王の妃、褒姒《ほうじ》であったとも言われるが、わが国では室町時代以降、いろいろと取沙汰せられ、謡曲殺生石などにより、ひろく語り伝えられたものであった。

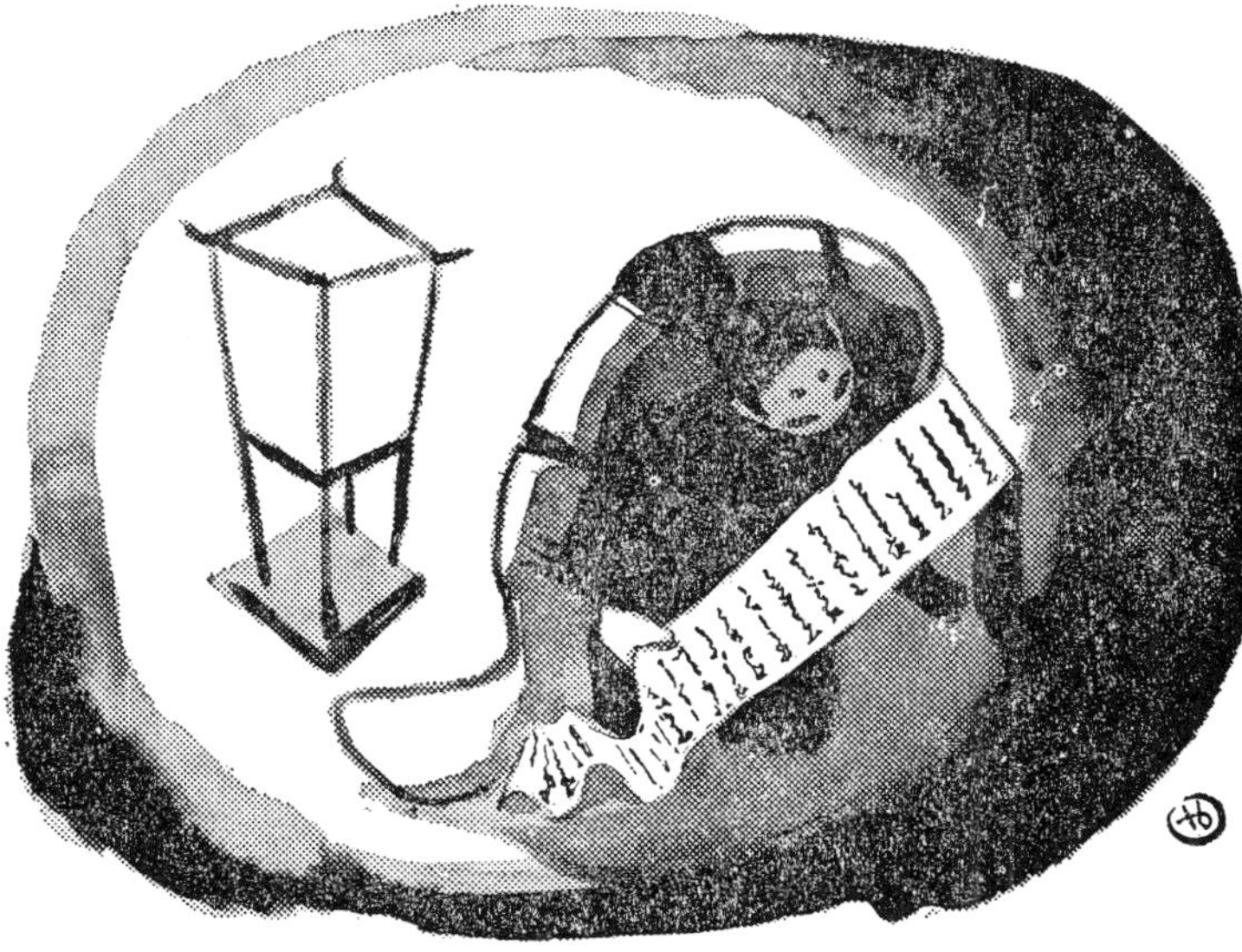

慈休と白菊

後醍醐天皇のために、仏の教を進講したり、鎌倉幕府の北条高時やその母、覚海夫人からも重んぜられ、足利高氏、直義兄弟の帰依《きえ》をうけては、後醍醐天皇のおとむらいのため、京都の嵯峨《さが》に天竜寺を開いた夢窓国師疎石《そせき》は、甲斐で育った人である。主として鎌倉に出て、円覚寺の開山、仏国禅師祖元について仏教をきわめたが、正安二年、旧友を出羽にたずねようとして、途中でなくなってしまったことを聞いて、陸前の松島寺にとどまったことがある。

その時国師について陸奥に下った弟子の慈休が、師もろとも、今の福島県信夫郡杉妻の太平寺に一夜の宿をとった。寺は無住で白菊という童子ばかりだったので、タベモノもろくにないとことわるのを、しいて宿ったのである。するとみんなの寝静まった夜なかを見はからい、かの童子は数々の手紙をもち出し、一つ一つ念を入れて読んでいる。慈休はふと物音に目をさまし、さあらぬ体でこっそり見ていると、童子の姿がだんだんあやしくかわって、その目、その口からは、炎のようなものを吐いている。しかし別に人を害する風も見えなかったので、その夜はそのままにうち過ぎた。

あくる朝、童子はもとの姿にかえっていたので、慈休はこれをふしぎに思い、ひそかに童子に何か苦しみなやみがありはしないかをたずねた。すると白菊は、

「はずかしいことながら、今はつつみ隠す由もございませぬ。実はただひとり、こうして寺にいるものだから、言い寄る乙女《おとめ》どもも数多く、毎日たくさんの思いをこめた文どもが送られます。捨ててしまうのはやすいことながら、それもなし得ずに、毎夜、毎夜、これを読んでは、それにシマツをつけかねて、心なやまされているのです」

と正直にこたえた。そこで慈休は大そうフビンに思い、童子の苦しみを救うてやろうと、文箱《ふばこ》の手紙をみんなもち来させ、一切これを焼きすてて、戒をさずけ経を読み、ねんごろに後日の心配がないようにした。

白菊は、それから心にのしかかっていた重い石のようななやみが失せて、ほがらかな日々がつづいた。しかしそれにつけても寺住みの身、自らも修行をかさねて、ありがたい仏の教をひろめようと、別れの日に聞いておいた「慈休」という名をたよりに鎌倉にのぼった。時に慈休

は江の島に赴き、日ごろの相手と碁を囲んで、戦いまさにたけなわの折であった。そしてとりつぐものが、信夫の白菊が来たことを告げても、かえりみようとしなかった。そばで見ていたものが、

「慈休が（慈休の石が）死んだ」

と言ったのを聞いて、とりつぎのものは早やのみこみ、白菊に対しては、慈休が死んでしまったと告げた。白菊はがっかり、はりつめた心もくじけ、この上は生きる望みもなくなったから、いっそのこと御跡を追って来世の弟子にしていただこうと、もった扇に、

白菊と信夫の里の人問わば思い入江の島とこたえよ

浮きことを思い入江の島かげに捨つる命は波のしたくさ

という二首の歌をかきのこして、江の島の海に身を投げた。人々がこれを見つけてひきあげた時には、もう手おくれで、すでにこときれていた。

島のうわさを耳にして、慈休がかけつけたけれど、もうどうしようもない。ねんごろに引導して、そのナキガラを故里の杉妻に送った。杉妻の村人たちは、これをうずめて小児塚《つご》をつくった。後世、ここに碑をたてて、「道童白菊をいたむ」と題した慈休の詩をもほりつけた。

懸崖《けんがい》けわしきところ、生涯を捨つ

十有余霜、刹那《せつな》にあり

花質紅顔、岩石をくだき

峨眉翠黛《がびすいたい》、塵砂をうずむ

衣襟《いきん》いたずらにうるおす千行の涙
扇子空しくとどむ二首の歌
相過ぎて談なく愁思《しゅうし》切なり
暮鐘誰がために帰家を促がす
白菊はまだ十幾つ、紅顔の美少年であった。

珍蓮と野火

近江の大津に園城寺《おんじょう》（三井寺）がある。風光が明麗であるばかりでなく、近江八景の一なる三井の晩鐘という、琵琶湖上までひびきわたる夕につく鐘は、竜宮からもたらしたというユイショ付きのものである。この寺の僧珍蓮《ちんれん》は、奥州の人であった。落語にでもでて来そうな面白い名であるが、かつて奥州から京都におもむく途上、野火に逢い、炎や煙がすさまじくせまり来り、避けようにも所がなくて、荷物を負う牛や馬も、狂わんばかりに鳴きさわいだ。珍蓮は一心に法華経を読んだが、そのうちに風もやみ、野火も消えたので、みんな経文の功徳《くどく》に感じ入った。いつ頃の人か、時代はわからない。

奥州にも来られたことがある夢窓国師疎石にも、山火事にかこまれた話がある。甲斐国でのこと、応長元年人里はなれた山の中に、竜山庵をかまえたが、いつか野火の炎が風にあおられて、庵室もまさに焼けそうになった。国師は火の子のとぶ中を、岩の上に坐禅をしたまま動かない。にわかに風むきがかわって、火が別の方にまわり、庵室も焼けないですんだ。どうなる

ことかと気が気でなかった弟子たちは、

「よかった、よかった、神風だァ」

とさわぎ立てると、師は笑って、

「風が吹いてむきがかわるのは山間の常、たまたま焼けなかったまでで、別段ふしぎでもない」

と、いつもにかわらぬ姿であった。

禅宗では、美濃の土岐氏出身の紹喜快川《しょうきかいせん》のように、武田氏がほろびる時、天正十年、甲斐の恵林寺で、織田信長の軍勢のために、寺もろともに焼き殺され、「心頭を滅却すれば火もまた涼し」と、しずかに往生した人もあり（臨済宗）、相州小田原最乗寺の慧春尼《えしゅんに》のように、美人であったために出家が許されなかったので、自ら焼火箸をもって顔をきずつけ、わざわざみにくい女となってやっと尼となり、晩年には最乗寺の門前に柴をつみかさね、その中に投じ、兄了庵が心配して、「尼よあついか」と問えば、「冷熱は生道人《なまどうにん》（未熟の僧）にはわからない」と答え、空しくなったものもある（曹洞宗）。

火中入定ということは、禅宗以前にも、ないわけではなかった。

昔、大国主命《おおくにぬしのみこと》は根《ね》の堅洲《かたず》国におもむき、スセリヒメを妻に迎えようとして、父スサノオノミコトのお許しをうけようとせられた時、父君はいろいろと大国主命をためされたうち、広い大野に矢を射こんで、それをひろって来るよう命ぜられた。そこで大国主命が野原の中にたずね入ると、その周囲から火を放ち、野火の中に立たせられることになった。どこに避難してよいかもじもじしていると、一ぴきの鼠があらわれて、

内はホラホラ、外はスブスブ

と言った。それで力をこめてそこを踏んで見ると、おとし穴があって、ずぶりと落ちこんだ。そのうちに火は外を焼け過ぎて、難なく助かった。

また景行天皇の御代、日本武尊《やまとたけるのみこと》という皇子が、東国の蝦夷《えぞ》というわる者どもの退治を仰せつかった時、まず伊勢神宮に参拝して、神劒とヒウチ石とをうけて出発したことがある。ヒウチ石というのは、鉄とうち合って発火せしめる固い石で、宿をかる家もろくろくない昔の旅には、なくてならないものであった。かくて進んで尊が今の駿河《するが》の焼津《やいづ》まで行かれると、賊どもはいつわって降参し、尊をだまし討ちにしようとはかった。すなわち尊を誘うて狩をしようということになり、広い野原でウサギや鹿を追いまわして、夢中になっている尊を、ひとり野原の中に立たせ、枯草に火をかけて、四方から焼き殺そうとした。そこで尊はあわてず、うろたえず、神劒をぬいて草をなぎはらい、持参のヒウチ石で、あべこべにこちらから迎え火をきり、まわりの賊どもの方へと焼けていくようにした。折から風がうまく吹いて、むしろ賊どもの頭の上に炎がまきあがり、尊は安全、かえってわる者の方が焼け死んだ。神劒はクサナギノツルギと名づけられ、日本武尊のミタマがわりに、今の名古屋に熱田神宮として祭られた。

仏教がはいって来る前には、こうして神々がすぐれた力をもっているものとして、人間にたよられ、尊敬せられた。仏教がわたって来ると、薬師如来、観世音菩薩や、あるいは最勝王経、

法華経などの経文が、ふしぎなためしをあらわすものとせられた。だから神と仏とは同じものと考えられて、たとえば大国主命は、印度の大黒天で、その使者は鼠であるから、鼠を殺してはならないなどいうようになった。時がうつれば、品もまたかわるものである。

だからこういう時代になると、神さまが仏にたよるようになり、神さまに頼まれて和尚が力をかすという仏主神従ともいうべき物語も伝えられる。

下野鶏足寺の開山、天海舜政《しゅんせい》和尚は、出羽の米沢生まれ、藤原氏の出身である。幼い時に母を失い、常陸の竜谷院に送られ、秀峰和尚について仏道を修めた。

ある日のこと、鶏足寺に見たこともない風がわりな人がやって来た。そして、

「私は、二荒の山神じゃが、この頃、よその神とわざくらべをしている。お前さんは字がうまいと聞いている。暫くお前さんの手がかりたいもんだ」

とまじめな顔である。舜政は、

「手をどうしてかして上げましょうに」

と答えると、神さまは、

「ただかすとさえ言ってくれればよい。そしたら私の手が自由になるのだから」

ということだったので、「ウン」と承知した。するとふしぎに舜政の右手が動かなくなって、ぶらりと下ったままであった。

数日すると、二荒の神が、異様な姿でたずねて来た。そしてていねいにお礼をのべて、

「お前さんの手をかしてもらったおかげで、異国の神にも勝つことができた。定めし不自由を

したことだろうが、今お返しする」

と言って、一つの宝印をさずけ、これから舜政の書いたお守札に、この宝印を押して柱にはって置いたら、火難をのがれられると、言い終って姿を消した。右手も元のように動いた。大永七年六月、六十歳でなくなったから、徳川家康に用いられた岩代大沼郡出身の天海僧正とは別の人である。

天海僧正は三浦氏出身、父を船木道光といい、清竜寺の文珠堂にいのり、天正十七年正月元旦、岩代国大沼郡高田村に誕生した。そして村の竜興寺の舜幸を師として十三歳で剃髪、はじめ会津の芦名盛重の帰依をうけ、後に東照宮に信任せられて、江戸幕府の創立に力をつくした。従ってこれも神さまに頼まれた和尚の一人ながら、その頃東照宮は徳川家康という征夷大将軍で、むしろこれを神さまに祭り上げるのに、天海のはからいなどが大いに重きをなした。今、東京の上野公園にある東叡山寛永寺は、天海の開いた寺で、彼は慈眼大師とおくり名せられ、黒衣の宰相であった。

注　火中で自殺入定した例としては、たとえば一条天皇長徳元年九月十五日、京都穴波羅寺の僧覚信が、阿弥陀ガ峯で、自ら焚死入定したことがあって、花山法皇が御幸してこれを御覧になり、都の人々も上下群集してこれを見たことがある。近年諸国で身を焼くもの十一人云々と見える（日本紀略、百練抄）。

また後冷泉天皇康平五年八月十五日、伊予の僧円観というものが、自分の庵室に火をかけて焚死し（本朝高僧伝）、ついで治暦二年五月十五日には、四条釈迦堂の僧文豪が、自ら鳥部野で焚死している（扶桑略記、元亨釈書）。

連歌僧兼載

猪苗代兼載は、岩代耶麻《やま》郡小平潟《こひらかた》の出身である。昔、この村の地頭石部丹後というものの家に、容姿きわめてみにくい召使の女があった。年たけるまで嫁することができなかったので、村の天満宮に詣で、百日も参籠して、身の行末を祈念したところが、ある夜あやしい人があらわれて、一枝の梅の花を投げ与え、左の袂にはいると夢み、身ごもること十三月にして生まれたのが兼載であった。天神さまの申し子だからというので、幼名は梅と称した。小さい時から賢く、さとくて、性甚だ和歌を好んだから、母はこれをよろこび、僧として名をあらわさしめようとし、会津若松の城下、諏訪神社の社僧自在院に入らしめて僧とした。その頃、諏訪の社内に連歌の会があり、兼載その席につらなり、秀句が甚だ多かったため、社中会衆からそねまれ、兼載が来るのを妨げようとして、一間の戸を閉じ、兼載をしめ出したこともあった。その戸が一つの名物となって自在院に久しく伝えられたという。

ついで下野の足利学校におもむき、いろいろと研究するところがあり、応仁、文明の頃、京都にのぼって種玉庵宗祇《そうぎ》について、連歌の奥義を学ぼうとした。時に兼載は三十歳であったが、

宗祇は容をあらためて、

「連歌の道はやさしいと思うだろうが、しかしその奥を究めんとならば、二十年もかかろう。今はわれも年老いて、もう十年と余命が保てそうもない」

と言われる。兼載ぬからず、

「夜をもって日についだら、何とかハシクレなりと教えていただけましょう」

と決心の程をのべ、しいて弟子入りを願ったから、宗祇はその志を感じてこれを許し、兼載も精励、果して十年にして奥旨をうけ、師の風体を進めていよいよ絶妙の句をつくった。北野会所の預となり、朝廷から召されて源氏物語を進講し、また室町の幕府からは宗匠として尊ばれるという風で、法橋に叙せられるという段になって、その出身をたずねられた。しかし兼載は、氏素性が卑しいので、仮に領主芦名氏の一族であることを申上げ、後に猪苗代の主に請うて、その氏を称したと言われる。それで表向きは、猪苗代式部少輔平盛実の子といい、相模の名族三浦義明二十三世の孫ということになっている。またかつて自在院にありし時、近きほとりの住吉の社に詣で、和歌に達せんことを祈り、「兼てぞ栽《うえ》し住吉の松」という古歌の詞をとり、自らは兼栽と称したとも説かれる。

兼載はその後、白河の関の辺にいたこともあり、古河《こが》公方《くぼう》に招かれて、下総にうつったこともあるが、永正七年六月、五十九歳で古河でなくなった。

無尽和尚

一

昔、下野国河内郡今泉の興福寺に、真空という和尚がいて、その弟子に無尽《むじん》、無底、無意というものがあった。ある日、師僧の真空が、無尽と無底とをよびよせ、もっていた白旗を空になげとばして、無尽にはその旗の行方をさがさせ、また一つの黒石をなげて、無底には、その石の落ちてとどまるところに行き、寺をたて教えをひろめるようにいいつけた。

無尽は、とび去った白旗をたずねて旅立った。そして今の岩手県遠野郷に入り、綾織村の砂子沢《いさござわ》まで来ると、村人が多勢あつまってさわいでいたので、何事かとたずねて見ると、村の東北の山の端にある枝垂栗《しだれぐり》の大木に、二、三日前に、どこからか白竜がとんで来てまきつき、すさまじい形、姿をしているので、そのあたりを通ることはもとより、近寄ることもできない。どうにかして退治するか、追いのける術もないものかというのであった。無尽はくわしく事のしさいをたずね、村人の恐れるその所に行って見ると、それは師僧がなげた白旗であったので、大いによろこび、静かに木にのぼり、旗をおさめて帰って来た。村人はただ人ではないと思って無尽を敬い、やがてその近所に寺を開いたのが、今の遠野市附馬牛《つくもうし》の東漸寺だということである。無尽和尚の伝は詳かでないが、あるいは京都生まれで下野の興禅寺に弟子入りをなし、元に留学、帰国の後、諸国をめぐったとも伝えられる。

一方師僧の投げた石を追う無底は、今の水沢市（もと江刺郡黒石村）山内《やまうち》で、そのとどまるところをつきとめ、そこに開いた寺がすなわち正法寺であった。

二

無尽和尚については、なお、一、二話が伝えられる。それは早池峯山の麓の附馬牛におちついてからのこと、ある日、庭前の石の上に、美しい女人が立っていた。どうもこんな山の中に来そうもない女で、仏祖釈迦がさとりを開き法を弘めようとするにあたり、いろいろと女の誘惑にかかったことを、耳にタコのできるほど聞いて来た和尚のことであるから、

「そなたはいずれの誰人か知らぬが、わが法を聞くために来られたか、それともわが行を妨げようと来られたか」

と、開きなおってたずねて見た。すると女人は、

「わたくしは鶏の冠ににた山から来た女人です。和尚があまりに微妙の法を説くので、それを味わうために参ったので、他意ありませぬ」

と答えたので、和尚はそれが早池峯権現であることをさとり、礼拝して妙泉という法号をささげた。すると女人は深くよろこび、何なりと和尚の望むところあらば、その願いをかなえてやろうとのことだったので、和尚は附近が水不足で困ることを訴えた。女人は和尚の杖をとって、地をほると、たちまち水が湧き出で、後にマタフリの井戸となった。


またある時、無尽和尚は夢を見た。弘法大師があらわれて、

「わが在世の折、理趣《りしゅ》経を書きうつしはじめて、途中でさわりがあり、わずか書き残している。その後誰かにたのんで書きつがせようと思ったけれど、適任のものもなくて成就せずに居る。丁度お前さんがはまり役なので、これから高野山まで出かけて、そのことをやりとげてもらいたい」

というお告げをうけた。そこで急いで旅仕度をととのえ、はるばる高野山までのぼって見ると、高野山の方でも、

「無尽というものをして、わが書き終えなかった経文をおぎなわせるから」

という大師のお告げがあったということで、一山大さわぎのところであった。


無尽和尚はそこへ到着して、一山の人々から大そう大切にされ、御蔵の中から大師真筆の理趣経をとり出し、これを無尽に書きつがしめるとともに、無尽はこれをいただいて奥州に帰っ

た。無尽が開いた東漸寺は、寺宝として永らくこの書きつぎの経文を保存し、一年一度ずつ開帳、これを信徒に拝ませた。

三

無尽和尚が、上閉伊郡上郷の板沢にある曾源寺にたどりついた時のことである。寺はひどく荒れていた。そして村で聞くと、来る住職も来る住職も、ふしぎなことに皆一晩のうちに行方がわからなくなって、寺は荒れる一方であるという。それで和尚は、化物でもいるのなら、正体を見破ってやろうと思った。

寺には一人の爺様が寝ていた。なんぼ呼んでも目をさましっこがない。和尚は裏へまわって、やはり荒れた泉水などをしらべたが、別にかわったこともない。本堂にもどって見ると、まだ爺様が眠っている。スネには沢山毛がはえている。手をかけて、ゆり動かすのもいやな気がするので、そのまま寝かして置いたら、二日二晩ぶっ通しで、三日目の朝に目をさました。そして無尽和尚の姿を見ると、びっくりした表情で、

「おれもとうとう年貢の納め時が来た。実はお前さんに本性を見やぶられた。お察しの通りの古いムジナで、この寺に住んで住持を七人食い殺した。魔法で人をだましたことは数知れぬ。だがもう天命が尽きた。しかしおれのウデマエを見せてやろう。ここに檀特山の釈迦如来を目の前に見せるから、その代り念仏は決してとなえてはならないよ」

と言って、そこにありありと極楽図のような風景をあらわして見せた。無尽は雲にのって後光

のさしている仏たちがしずかにあらわれるのを見て、合掌礼拝しながら、そのムジナからとめられたのも忘れて、

南無阿弥陀仏、南無阿弥陀仏

と思わず念仏をしてしまった。するとその風景は煙のように消えてしまって、破れた仏壇の前にすわっていたのであった。

無尽は夢からさめたような気持で、あっけにとられてぼんやりしていると、屋根からポタリと、一滴の水が落ちて来た。そして見る見るうちに大雨になって、あたり一面の大洪水となった。寺も流されそうになって、ガラガラとうちゆすぶられる。大変なことになったと思っているうち、西と東の山の蔭から軍船が出て来て、はげしい船戦となった。和尚はやがてムジナのいたずらであるとさとり、印を結んで九字をきると忽ち水がひいた。それと同時に屋根の上でギャッという叫び声がしたと思うと、大きなムジナがごろごろところげ落ちて死んでしまった。今もこの寺に伝わるムジナ堂は、人々がこれを埋めて、その上に建てた堂だということである。

註　狸が僧に化けて見破られた話を、福島県石川郡大森田の杉森では、宗徳寺の託善のことと伝えている。

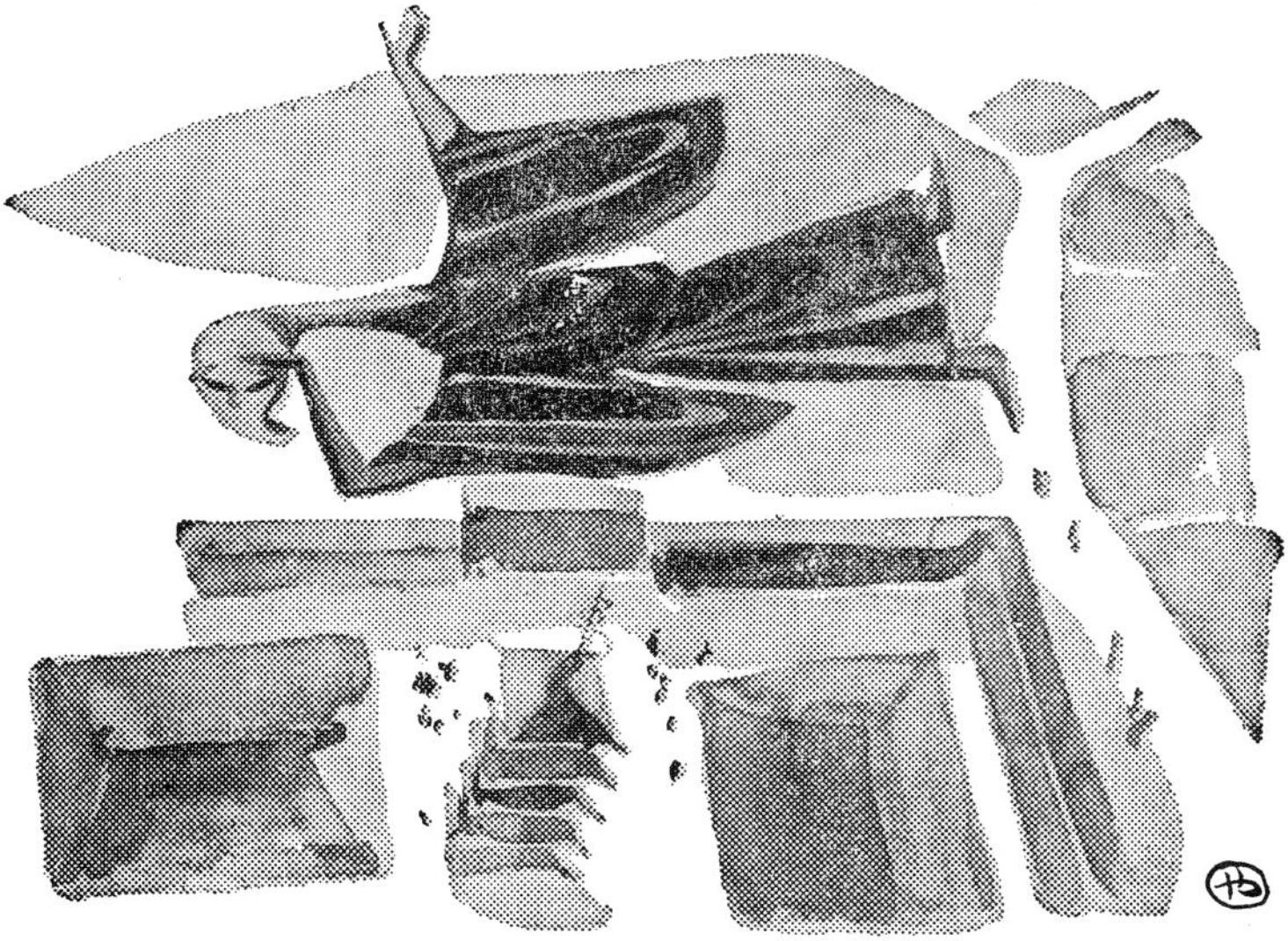

残夢と飛行僧

残夢和尚はいろいろに伝えられるが、会津の実相寺にいた桃林契悟《とうりんけいご》禅師のことらしい。どこの人とも詳かでないが、天文の頃、下野国那須の雲岩寺から、ぶらりと会津にやって来たことになっている。当時会津に無無道人というものがあったが、残夢はこれをたずね、

なしなしというもいつわり来て見ればあればこそあれ本の姿で

と歌をよみかけると、無無もぬからず、

なしなしというもことわりわが姿あるこそなきの始なりけれ

と返歌した。残夢はしばらくして、

「曾我兄弟の夜討がすんで別れたままでしょう」

というと、無無はだまってうなずいたというから、ずいぶん長生きした人だったらしい。

残夢は何しろ風がわりな僧で、檀家から招かれると、高きいやしきを問わず、一日に何遍でも赴いてたっぷりゴチソウになって帰るが、たべないとなると何日も食事をとらないで、空腹を訴えることもなかった。その法衣も、何年も何年も同じものを着て意に介せず、もし新衣を施すものがあればこれをうけ、旧衣のシラミをひろって新衣にうつして着用した。自ら一休和尚を友人として、禅宗の修行をしたと称し、また源氏と平家の合戦に精通し、義経はどう、弁慶はかくかく、平家方ではしかじかと、史書に伝えず、人の知らないことを、恰も実見したもののの如くに物語った。それで人があやしんでその年をたずねると、百五、六十歳と、まじめに答えることもあるが、たいていは忘れてしまったと空とぼけるのが常であった。

そうかと思うとまた通力をもっていて、あらかじめ予知することもあった。ある時、盗人が忍びこんで、土蔵の壁に穴をうがち、納めている銭を盗み出そうとしていた。残夢はあらかじめこれを知り、小僧をよんで盗人に銭をやれというけれど、小僧は何のことかわからない。蔵に行って見よと言われ、行って見ると、なるほど盗賊が壁を破ろうとしている。和尚からの施しだからと銭を与えると、盗賊の方が恐縮してすごすご帰って行った。またある時、台所の炊事当番の小僧が飯をたく米がなくなったことを訴えると、一寸待て、すぐに来るからと、平然として坐禅をしていたが、小僧どもがけげんな顔をしている間に、檀家から馬に負わせて米を寄進して来た。また寺に来住した当初、僧堂の西北の隅にある柱から夜中に手が出て、近よるものをつかまえるというので、みなびくぴくした。残夢はこれを聞いて、それは定めし柱の中に金をかくして死んだものがあって、その妄執のわざであると言うので、しらべて見ると果してその通りで、金をとり出し、かくしたものの冥福をいのると、それから何事もなくなった。ある時は、猫の行方がわからないようになったので、みんなで探して見ると、御本尊の天蓋《てんがい》の上にチャンとすわっている。翼なしには行けないところなのに、それから日々そこに登っている。そこで小僧たちはあやしんで、残夢に告げると、残夢はけろりとして、その猫はもとあの天蓋を寄進したもので、いささかの罪があって、畜生におちてしまったが、前生この世にあるの時、あの天蓋にちりばめて造った白銀のことが忘れられないのだから、白銀をとり去れば、猫も天蓋にはよう登るまいと語った。それで小僧たちが吟味して白銀をのけると、猫もまたどこへか去って寺にいなくなった。

ある年の夏、ふだん残夢について習字のけいこをしている小僧に対し、明日は京都の祇園祭であるから見たいならつれて行こうという。小僧はもとより希望であったから、残夢はこれを法衣の袖に入れて、またたくうちに京都に至り、終日祭のにぎわいを見せ、菓子一折をミヤゲに求めて小僧に与え、その夜のうちに寺に帰った。珍らしがって小僧の語る祇園会の式が、まごう方なく方式通りであったし、またその菓子折も京都製の銘がうってあるので、人みな奇異の思いをした。またかつて死者が寺に運ばれて来て、残夢がこれに引導を渡すことになると、にわかに空かきくもり、雨風が起って、火の車にのった鬼がせまり来り、その棺を奪い去ろうとしたから、残夢は少しもさわがず、

「ゆるせ、ゆるせ」

というと、鬼が空中から、

「いや、いや」

という。残夢ぬからず、

「いやなら置いて行け」

と言ったので、鬼去り、空はれて亡者の棺も助かった。

残夢は天正四年三月、自らイハイを書き、棺の中に入って死んだというが、またその後にも遍照寺の雲堂と碁を戦わす話もあり、とにかく長寿の奇僧であった。


八大院栄心は、宮城県登米郡石森の修験である。役小角の法を伝えて、奇法妙術を演じて見せた。ある時、ふと印を結び、数百人の人々を目の前にあらわし、源平の合戦を見せ、人々を驚かしたと伝えられる。

僧岳連は知足と号し、俗名は佐藤大作、明和年中、今の宮城県名取郡秋保に大滝不動尊の堂を建立した。これよりさき岳連は、母の病を直さんため、大滝に一千日参籠の大願を起して、精進勤行したが、その戒行が空しからずして、空中を飛行する道力を得るにいたり、母の病もやがてなおったと伝えられる。

注　残夢に似た長命者は、奥州にはその伝えが少くない。常陸坊海存、情悦、白石翁などはその代表者で、かつて「奥州の長寿者の話」（奥州史談二二、昭和三十二年八月）として紹介したことがある。

空中を飛行した話もちょいちょい伝えられる。日本書紀に見えるノトリタノフレの羽白熊鷲は、人となり強健、身に翼をもち、よく飛んで高空をかけり、皇命に従わないで人民をかすめ、神功皇后にほろぼされているが（巻九）、これは荒鷲の擬人化であろう。また扶桑略記には、役小角、天台僧陽勝などその伝がある。役小角は葛木山に居ること三十余年、五色の雲に乗り仙人の都にかよい、空中を飛行し、伊豆の大島に流されると、昼は神妙におとなしくしているが、夜になるのを待ち、練行をなし富士山に行き、海上に浮んで走ること陸を踏むようであったという（文武天皇、三年五月の条）。やがて修験山伏から天狗への連想となり、またいきなり子供を遠方につれて行く「神がくし」につながる。陽勝は能登の人、大和国吉野郡堂原寺の辺で、空中を飛行したと伝える（醍醐天皇、延喜元年八月の条）。また異国の人としては、唐人の王元仲というものが、飛車をつくって朝廷に献じ、従五位を授けられており（元正天皇、養老六年の条）、同じことが続日本紀には、始めて飛船をつくるとある（巻九）。伝説の上だけでは朝群海峡を飛んで渡った賢問子というものもあった筈である。

多勢の人を出して見せて、源平合戦をさながら現場に見せるようなことは、奇術、火曲などいうタグイのものであろう。多勢の人が一度に活動するさまを、音できかせる八人芸というものは、これを一人で演じて、村々を巡回興行したものである。即ち屏風をかこう中に入り、三味線をひき、大鼓をたたき、鈴をならし、八人の芸を一人で演じ、話をするのに八人の声を分ち、その外、馬をひきくる音、あるいは雷鳴、雨の音など、さまざまなことをして聞かせる。

永澄と洒水の術

永澄《えいちょう》は、岩手県気仙郡猪川《いかわ》（今の大船渡市）の竜福山長谷《ちょうこく》寺の住持で、紀伊の高野山阿光坊忠実法印には弟である。後陽成天皇の文禄二年九月二十一日のこととせられるが、来客があってもの静かな対談中に、永澄はいきなり立ちあがって、器に水を入れ、庭前の石の上にすわって、空に向い水をそそぎ、読経をはじめた、やがて間もなくすんで、もとの座にかえったので、客がその故をたずねたけれど、永澄は笑って答えなかった。しかし客はいぶかしさのあまり、かさねてこれを問うたので、永澄はおもむろに、

「今日、兄のいる紀州高野山に火事があったので、ここからそれを救うたのである」

と答えた。その後、高野山から情報をもたらして来たものの話に、同じ日の同じ時に、果して火事があり、東北方からにわかに雨が降って来て消えてしまったとのことであったから、一郷伝え聞いて、永澄を神のように尊信した。

今、松島にある瑞岩寺が、まだ円福寺といわれた頃のことである。よくシナから来朝した和尚が住職となったもので、六代目の覚満もシナ僧であった。円福寺の法雲院という塔頭《たっちゅう》（本寺

に属する子院、分院）は、覚満の開いたもので、その庵前に庭石がある。昔、覚満がここから宋の径山寺《きんざん》が焼けていることを知り、洒水《しゃすい》の術をもってこれを消しとめたところとして名高い。洒水の術というのは法力により遠方から水をそそいで、火災を消しとめるというためしをあらわすもので、永澄のやったのもこれであった。

ちょうどこの円福寺がまだ松島寺と言った頃、ここに法心《ほっしん》という和尚があった。年がいってから寺に弟子入りをしたけれど、かなしいことに文字が読めなかった。文字にたよらず、心から心につたえるという禅宗《ぜんしゅう》ではあるけれど、法心はいろいろ困ることが多かった。そこで宋にえらい師僧があることを聞いて、矢もタテもたまらない。船をたのんで臨安の径山寺にいたり、仏鑑《ぶっかん》禅師に願って弟子入りをした。すると禅師は、マルの中に一丁字を書いて法心に示したが、禅宗でいうナゾのようなこの公案には、法心どうすることもできなかったから、ただ寺にとどまり坐禅するばかりで、寒暑もいとわず、年月のたつのも心にかけず、九年というものすわりつづけて、やっとサトリが開けた時には、肉落ち骨があらわれ、見る影もなく衰えていた。

かくして帰国して松島寺にいた法心は、臨終にさき立つ七日、友僧たちに対し、わが余命いくばくもなく、某日まさにこの世を去るべしと語ったけれど、かくべつ病気があるというわけではなし、友僧たちもこれを信じなかった。いよいよその期日になると、食事もとらずに静坐しているので、友僧たちは何かいいのこすことでもあればと、紙と筆とをさし出したが、法心はやはり文字がかけない。

そこで口頭で、

来時明明

去時明明

是箇何物

と述べたが、まだ末後の一句が足らない。友僧たちがこれをたずねると、法心は大声で、

カーッ（喝）

と言ったまま、いきをひきとった。

近世

福蔵寺の猫塚

岩手県二戸郡浄法寺町に福蔵寺というお寺がある。こうした田舎の寺には、昔、あまり学問もない和尚が住職をしていたもので、南部のトノサマである信直がなくなったとき、領内の寺々から和尚たちが召されたものであるけれど、この福蔵寺の和尚にはおよび出しがなかった。和尚は日ごろ猫をかわいがり、目をかけてこれを養っていたが、たまたま和尚の召されない信直の葬式に、たいへんなことが起った。それは祭壇に安置せられた信直の棺が、いきなり空中につり上げられ、ちゅうぶらりんになって、上りもせず下りもしない。誰がどうして見ても微動もしないという、まことにこまったことになってしまった。

このとき福蔵寺では、猫がそわそわしておちつかなかった。そして和尚に対して、

「日ごろの御恩におむくいする時がきました。和尚さまにも、トノサマのおよび出しがくるから、心配しないでいらっしゃい」

という。ふしぎなことだと思っているうちに、二、三日たつと、はたして猫が言ったとおりに、トノサマからよび出し状がとどいた。トノサマの方では、福蔵寺の和尚を召していなかったことに気がついて、うろたえてこれをよんだので、別にしまつにおえない棺をどうにかさせるつもりではなかった。

かけつけた福蔵寺の和尚もびっくりした。なくなったトノナマの棺は、ちゅうぶらりんである。やがて少しやすむと、和尚にもインドウをわたせという仰せである。無学な和尚はインドウの文句を知らなかったが、いたし方なく棺の前に立った。すると雁がカギになって空をとんでいく、和尚はたちまちキテンをきかせ、

空とぶ鳥が四十八羽
一羽百文で四貫八百
和尚四貫に小僧八百

カーッ
とやってのけた。するとまたびっくり、動かなかったトノサマの棺が、するすると台の上に下りてきた。和尚はたいそうなホウビをいただいて寺にかえった。福蔵寺には、今も猫塚という

ものがあって、和尚の手柄《てがら》話を伝えている。

（淵沢定行氏にきく）

祐天和尚

祐天《ゆうてん》和尚は、福島県岩城郡上仁井田の百姓家に生まれた。正保二年、十二歳の時、叔父に当る僧休波に紹介せられて江戸に出で、芝の増上寺の檀通の弟子となった。しかし性質が遅鈍で、師僧が心をつくして教えてくれるけれど、なかなか頭にはいらない。おぼえ難いばかりか、すぐ忘れてしまう。とうとう師の檀通が腹を立てて、勘当をしてしまった。

祐天はとりつく島もなくて、やむを得ずに寺男として働いている八助についてケイコして見たが、なかなか成績があがらない。とうとう失望して、品川の海に投身して自殺をはかったが、それも善長和尚に助けられて死ねなかった。そこでまた思いなおして、寺にかえり、更に開山堂にこもって一心に祈願をこめると、一夜、夢告をうけた。そして転じて下総の成田山に赴き、断食参籠すること三七日、結願の夜に、不動尊から剣を呑ませられる夢を見ると、口からおびただしく血を吐いた。住僧これを見て大いにおどろき、手あつく介抱して、増上寺に帰らしめた。

寺に帰った祐天は、ふしぎに学識が進んで、一山の僧徒三千人の筆頭となるほど、全く見ちがえるようになった。寛文十二年、末寺雲天寺の供養の折の説法の如きは、聞くものみな感涙にむせび、祐天を生仏の如くに礼拝し、帰依するもの数千人、ぶっ通しに七日間の説法となった。やめて帰ろうとしても、集まった老若男女が、なおとどまって説法をつづけていただきたいと願ってやまない。裏口からかくれて帰ろうとすると、それがまた信徒に見つけられて、跡からぞろぞろついて来る。いたし方なく街頭説教をしたような次第で、檀通も勘当をゆるすに至った。しかし祈禱にしても説法にしても檀通以上ということになり、増上寺に参るものも檀通のところへは行かず、みな祐天をたのむという調子であったから、祐天も遠慮して牛島に隠退したけれど、この方がまた信者が来集し、門前市をなすという風であった。江戸幕府の将軍徳川綱吉、家宣の帰依をうけ、正徳元年には増上寺の住職となったが、後、目黒に祐天寺を建てここに退き、享保三年、八十二歳でなくなった。常に自ら南無阿弥陀仏の名号を書いて人々に与えた。

良観とお蓮

時は元禄の頃にさかのぼる。盛岡市川原町の円光寺に良観和尚という名僧がいた。ダンカだったはずの、城南河原で木材商をしていた岩井宇一郎というものが、ひそかに禁制の切支丹を信奉していたことがあらわれて、当時の掟にしたがい、打首となった上に、その首は七日間、小高の刑場でさらし首となつた。そして宇一郎の一人娘であるお蓮は、南部のトノサマの奥女中としてつかえていた。

罪は罪ながら、首を打たれて父を失った上に、その首がこれ見よがしにさらされているのは、子として忍びがたいつらいことであったので、お蓮はこっそりと深夜お城をぬけ出で、それこそ鬼気せまる仕置場《しおきば》（刑場）に忍びより、父の首を盗んだ。あちこちと寺をたずねて、その供養をたのんで見たけれど、どこでも後難を恐れてひきうけてはくれなかった。たまたま川原町まで来ると、円光寺の脇門があいていたので、そこから寺に入って、その供養をしきりに願った。良観和尚は、こころよくひきうけて、あつく法供を行ってやったばかりでなく、お蓮に自首をすすめ、これを慰めはげまして城中に送った。

お蓮は、藩主南部行信の前に召されて、じきの裁きをうけることとなった。親子とは言い、やり口が大胆で、殊に切支丹の信徒によくある遺物を重んずる風でないか、したがってお蓮もかくれた切支丹ではあるまいかと疑われたからである。しかしとりしらべの結果は、全く親思いの至情からであることが明らかになり、逆に藩主を感心させ、ついに側近に仕えて、行信の子信恩を生み、南部三十一代の主となった。

良観和尚にも何のとがめもなく、和尚も口をつぐんで語らず、功名顔をする人でもなかったので、ただ寺の伝えにのみ残り、今はその脇門近くに、首塚がさびしく立っている。

雲居禅師

僧雲居《うんご》は土佐の人、浜氏の出身である。幼少の時、志を立てて入京し、大徳寺や妙心寺などで修行した。そのうち浪人の塙団《ばんだん》右衛門《えもん》という人と仲よしになり、大阪の役《えき》がはじまると、ともに城中に入り、豊臣秀頼につかえた。この頃は陣僧といって、戦争に出かけてはかりごとを立てたり、和戦のかけひきなどに当ったりしたもので、雲居もはかりごとをめぐらし、だいじな役目をつとめたが、ついに大阪方の豊臣氏に利がなくて、雲居は団右衛門とともに、徳川方にとらえられ、家康の前にひき出された。しかし雲居は自分のことは何もいわないで、専ら団右衛門に罪がないから、これをゆるしてもらいたいことばかりしゃべったので、家康は雲居を放免した。

雲居はそれから浪々の旅に出かけた。そして摂津の国のある寺にとどまっていた時、仙台の藩主伊達政宗からよばれたけれど、うんと言わなかった。その頃政宗は、松島寺を再建して瑞岩寺をいとなみ、どうぞして立派な住職をむかえたいという心から、この英僧雲居に目をつけたのであった。一体この寺は仁明天皇の承和五年、慈覚大師円仁が開いたと伝えられ、中頃はシナから渡来した僧が住職をしていたこともあるが、伊達氏の領地になってから、すっかり手を加えたもので、海岸の船つき場から間もなく総門に達し、それから二、三丁で黒門に到るべく、路の左右は杉林にかこまれ、その外側の岩壁は小松崎と称し、下部はことごとく坐禅のための岩屋になって居り、大方丈という本堂には藩主御成の間、御座の間などをもつ武家邸宅のしくみをかまえ、言わば仙台侯の支城、別邸というべきものであった。だから政宗は、軍事にたしなみのある雲居を手なずけて、ここの住職にし、だいじなことを相談しようという、さすがに政宗らしい着眼であったが、それが政宗の代には成功しなかった。

仙台藩主が政宗から、その子の忠宗にかわると、父の遺命があったものか、来てもらえないうちは何べんでも雲居のところへ使者をつかわし、最後には膝づめ談判で、とうとう瑞岩寺に来ることを承諾してもらった。その頃の仙台侯といえば、表には六十二万石の領地というけれど、内実は百万石もあったほどで、男ダテとか、ダテな姿とか言われ、そのゆたかなくらしぶりは、江戸の人々にまで、もてはやされたものであった。しかし雲居にとっては、そんなことはどうでもよかったが、ただどこまでも自分をたのみにしてくれる仙台侯のために、一肌《ひとはだ》ぬごうと思ったのであった。

かくて雲居は、はるかな奥州入りをすることとなったが、途中、美濃の青野ガ原で、数人の追いはぎにとりかこまれた。

雲居はもとよりはげしいたちの人であるから、追いはぎどもに向って、

「よし、望みのままに何でもとらせよう。しかしハダカにされた自分は、やはりよその衣類でもとらねば生きられはしない。人のものをとってまで生きようというのは罪が深い。イノチまでやるから、首をきって行ってくれ」

と言って、目をつぶってきちんと路傍にすわったまま身動きもしない。追いはぎの賊どもも、空恐ろしくなった。なるほど今まで悪という悪をかさねて来た。この悪は自分にはむくいて来ないようなものの、一枚とられて二枚の着物がほしくなる。二枚失ったものは三枚でとりかえそうとする。めぐりめぐって、奪い合いやそねみ合い、うらみ、にくみがかさなる。自分だけうまいことをしたと思って、人の世をにごし、けがし、この世ながらの地獄をくりひろげている愚かさが、ハッと胸に来た。賊どもはひらあやまりにあやまって、とうとう雲居の弟子にしてもらい、奥州までもついて下った。

瑞岩寺にはいって中興第一世となった雲居は、いろいろとゆるんでいた寺のしきたりを、しめて行こうとした。それでなくともトノサマの御声がかりでやって来たというので、もとから寺にいたものどもには、しゃくにさわる。けむたい。それに朝が早い。晩にもおそくまで岩屋に出かけてみなのものと一しょに坐禅する。何とかして雲居のするどい気鋒を、やわめたいと

いうようなことを考えるものがあった。そして夜暗ひそかに堂前の松の木によじのぼって、雲居の通るのを待っていた。ふだんえらそうなことを言っているけれど、今宵こそびっくりさせてやろう。事によれば気絶するかも知れない。そしたらすっかり化《ばけ》の皮がはげて、雲居も何も言えなくなると、カタズをのんで待っていた。するといつもの晩の坐禅の時刻が来た。雲居はその松の木の下を通って、しめっぽくひえびえする岩屋に行く。松の上からぬっと腕をのばして、雲居の坊主頭をいやというほどつかんだ。しかし雲居はうんともすんとも言わない。もとより頭にぬく味が伝わって来るから、それが人間の手であることは百も承知である。かくて下の方から雲居も手をさしのべて、にぎられた相手の手を握りかえした。ひきも払いもしない。相手の方がむしろあきれて、頭をつかんだ手をはなすと、雲居もそのまま手をひっこめて、あたりを見るでなし、すたすたと坐禅の岩屋にいそいだ。それからというもの一山みな雲居に服して、寺はきちんと治まった。

雲居は万治二年、七十八歳でなくなった。大慈円満国師とおくり名せられた。岩手県東磐井郡矢越《やごし》の釘子《くぎこ》にある瑞応山茂林寺も、雲居の開いた寺である。

大泉寺のカンカラ石

盛岡市油町大泉寺の山門をはいると、本堂の前にカンカラ石という墓碑がある。墓石をうてばカン、カンという金属音を発するというわけで、貞女カンの墓として知られる。

　南部侯が慶長年間、盛岡に築城の工を起した時のことである。日ねもす営々としてはたらく人夫のうちに、三平という至って正直で、よくはたらく男がいた。ある日、三平はあやまって大石に足をはさまれ、ついに両足を失うこととなり、生まれもつかぬカタワものになってしまった。さなきだに不如意なくらしであったから、この事あって以来、三平の生活はいよいよ困ったが、妻のカンはけなげにも、ある時は女人夫となり、ある時は近所から賃仕事などをひきうけて、ほそぼそと一家のいとなみをつづけた。

しかし人なみすぐれてキリョウよしだったカン女は、それがかえって仇となって、思わぬ難儀をすることとなった。それは人夫頭の高瀬軍太が、カン女に目をつけて、これに思いをよせ、自分の意に従わせようとすることであった。もとより夫ある身、カン女ははじめ柳に風とうけ流していたが、軍太の執念はいよいよつよく、カン女の決心を促してやまなかった。こうして絶体絶命、ぎりぎりのところまで追いつめられたカン女は、軍太にひそかに耳うちした。

「うちのとど（父、夫の意）が、あすの朝早く、御堂の観音さまに行きます。それを鉄砲で殺して下さい。とどさえいなくなれば、あとは妻にもなりましょう。」

軍太はよろこんだ。夜なかからしたくをして、三平の通る路筋にかくれ、夜のあけるのを待った。

三平は馬にのって、露にしっとりぬれた山路をやって来た。軍太のねらったタマがズドンと一発、三平は馬からころげ落ちた。胸おどらせてかけよった軍太の目にうつったのは、それは三平ではなくて、思いもよらぬわが意中のカン女が、息も絶え絶えな姿であった。意外のことに、全く気も遠くなるような思いであったが、やがて心をしずめてカン女をいたわりながら、話がちがったことをなじると、カン女は苦しい息の下から、

「貧しくても、カタワでも、ゴテ（夫）を捨てる気にはならなかった。わたしが死ねば万事がすむ。もうこのままに死なせて下さい。わたしは守らねばならないものを失わないですみま

す」

ときっぱり言い放った。そのはればれした顔を見て、軍太はこれまで、無理非道をしかけて来た自分がはずかしくなった。そしてしみじみとカン女にわびた。

カン女は、それから五日目にこの世を去った。貧しい三平をたすけて、軍太はこれを大泉寺に葬むった。その墓には、

慶長五年八月十八日　二十八歳

芳　室　妙　貞　信　女

という文字を刻んだ。お葬式がすむと、軍太も髪をおろして寺に入り、浄覚と名のり、大泉寺二代目の住職清蓮社自誉上人の弟子となった。そして昼は托鉢《たくはつ》をして城下盛岡市外に米、銭を乞い、貧しい三平たちの生活をたすけ、夜は念仏をつづけて、ひたすらカン女の成仏を祈った。

それから一年ばかりたったある夜、浄覚は観音さまの姿をしたカン女の夢を見た。そして、

「貴僧の念仏によって、やすらかに往生成仏することができたのがうれしくてならぬ。もし疑わしかったら、わたしの石碑をたたいて見なさい。今までとはちがってカンカンと金声を出すからね。これが成仏のあかしですよ」

と告げられた。軍太の浄覚は、これを三平に話すと、三平も同じ晩に同じ夢を見たという。あまりにふしぎでならなかったので、翌日、浄覚は三平を背負うて、カン女の墓に参った。ていねいにおがんでから、石碑をたたいて見たら、果してカンカンと音がした。二人ともありがたく涙にくれて、三平も発心、自誉上人にお願いして寺男となり、一生を寺にささげた。

南祖坊と八郎

南部片富士とよばれる岩手山の麓、岩手県岩手郡松尾村野駄に、かつて八郎という若者があった。近所の若衆二、三人を誘うて、村の北の方にそびえる前森山に、小屋がけでとまりながら、マダの木の皮をはぎに出かけた。ある朝のこと、炊事の仕度にとりかかり、米をとごうと小川の水を鍋にくみ入れたところが、イワナという魚が一しょにはいり込んだ。クシにさして火にあぶると、たまらないよい香がする。堪えきれないで、相手が小屋に食事に帰って来るのを待たずに、ちびりちびりとついみなたべてしまった。するとこれはまた間もなくひどいかわきを覚えて、水をのみはじめた。しかしのんでものんでも、かわきがとまらない。

地に伏して小川の水を飲んだ。それでは足りないで、更にさかのぼって、その水源である沼の水をも飲みほした。八郎のカラダは見る見るかわって、化物のように太くなった。そして小屋にもどって来た仲間の若い衆がいぶかるのに、すっかり事情をうちあけて、「おら、もう里には帰れない。汝達《うが》、早く山を下《お》りて、おらァ家《え》サよって、よく言ってけで」というので、仲間の若衆は、あたふたと里に帰った。

一方水を飲みほして沼がかれ、アセ沼という谷地になったので、八郎はおのがおちつく所をつくろうと、大力を出して小山を背負い、鬼清水の辺におろして、そこに堤をきずき沼をつくろうとした。すると岩手山の上から田村大明神にとがめられ、あちこちとうろついたあげく、十和田湖に入ってそこの主となった。然るにその後、盛岡南部氏城下の永福寺に、南祖(宗)坊という修験があって、修業のために諸国を巡歴したが、紀伊の熊野で鉄のワラジを授けられ、それをはいてあるいて、切れたところを住家とせよとの仰せをこうむった。それからまたあちこちと巡って、十和田湖に到ったが、折しもマテという鳥のさえずる声を耳にし、その姿を見たいと思ってかけめぐるうちに、ワラジのひもがきれたので、南祖坊は十和田の湖に入ることにきめ、八郎を追い湖の主となった。

十和田を追われた八郎は、また新しい住家を求め、故里近き岩手山麓の雫石《しずくいし》にやって来た。そして繋《つなぎ》の山と厨川との間、狭い谷をせきとめようとして、初めモッコ森に手をつけたが、また叱られたので、ついで大森(七つ森の一である)に綱うちかけ、「よいしょ」と背負って立とうとすると、またしても岩手山の明神さまに見とがめられ、良民を害するふとどき者だと、山の上から大小の岩石を投げつけられ、八郎もこれに抗して七日七夜の神戦となった。しかしここでも八郎が負けて、秋田の男鹿半島にのがれ、八郎潟の主となった。大森はすなわち負う森で、七ッ森の主峰であり、今も残るその頂上附近の岩石は、この時明神様から投げつけられたもの、その中段のくぼいところは、八郎が背負わんとして綱うちかけた跡、更に前方の凹地は尻もちをついた跡とせられる。大森の頂上にあった子安地蔵尊は、雫石の町の永昌寺にうつされ、男の子が授かる仏として、遠近からの参拝者をよび寄せている。八郎はまた鹿角の山男、八の太郎とも称せられ、永福寺は、願教寺、教浄寺、東源寺、聖寿寺とともに、盛岡五山にかぞえられる。

道童塚とお春地蔵

一

岩城の信夫郡宮城に道童塚というものがある。昔、ここに一人の僧がいて、村の乙女がこれに思いを寄せた。しかし、寺僧のことではあり、近づくすべもなくて、思いこがれて乙女は身まかった。その後乙女の亡霊は、世にありし日のうらみも言わで、夜な夜なこの僧のもとへ通い来り、いつしかただならぬ身となって、玉のような男の子を生み落した。僧はいぶかしく思いつつも、全く身に覚えがないことでもないから、人にかくして寺堂の奥深くこれを養育したが、世にたぐいなき美しい童であった。

その頃、信濃の久野に、宗慶という僧があった。どこからかこのことをもれ聞いて、これを見んと欲し、はるばる信夫までたずねて来たが、ただマリをける折に、ふと簾の風に動いたすきまから、一寸かいま見ただけで、宗慶もここで死んでしまった。童はこれを知り、やはり宗慶をあわれと思ったのか、同じ年のうちに身まかった。これを葬むったのが、道童塚であると伝えられる。

二

僧覚興は仙台の産、若い時にお春という娘とねんごろになり、ついに情死を企てて、お春だけが死し、覚興はひとり生残った。そこで覚興はお春の追善のため、仙台市東十番丁の浄土宗願行寺に弟子入りをなし、諸国を行脚して浄財をつのり、明和六年九月、宮城県栗原郡志波姫の竜昌寺内に石地蔵を立ててお春の供養を試み、また志田郡三本木、西磐井郡金沢（岩手県）にも石地蔵をたててお春地蔵と称した。覚興は長く志波姫にとどまり、諸所に石橋をかけて人々の便をはかり、お春の菩提をとぶらいつつ、安永九年七月、同地でなくなった。

やわい無能　剛い禅峰

一

　無能和尚は、岩代国伊達郡金原田の人で、姓氏も詳かには知れない。桑折《こおり》に無能寺を建てたが、青年の頃、行脚に出てある宿屋にとまった。その家に一人の美しい娘がいて、和尚もまた美男子であったから、娘はこれを一見して、うっとりしたものの如く、その夜、ひそかに無能和尚の寝間にしのびこんだ。そして燈火がまだ消えないでいたから、心つよくも和尚のそばににじりより、しげしげと和尚の様子を見ると、和尚は墨染の衣をときもやらず、きちんと坐禅している。娘は堪えかねて衣の袖をひいても推しても、無能は磐石のようで微動だもしなかった。娘はこれを見て、かつははずかしく思い、かつは和尚の大徳に感じ、その夜のうちに髪をおろし、尼となって貞正に身を守ったと言われる。

　和尚は、享保四年正月、伊達郡北半田の塞耳庵でなくなり、遺命してその境内に葬むったが、同九年の夏、故あって桑折の大安寺に改葬することとなり、墓をあばいて棺をひらいて見ると、初め葬むった時のように、遺体が少しもくずれず悪臭などもなかったので、多年の修行をして、きよらかな生涯を送った高僧大徳は、遺体まで美しいものと人々が感じ合った。

二

禅峰は羽前の東海林氏の出身で、家が近郷きっての富豪であった。幼い時からかしこく、早く仏教を信じて、魚鳥を捕えず、またこれをたべなかった。奥州伊達郡出身で名声が高かった無能和尚が出羽におもむき、誓願寺で選択集を講ずるや、禅峰は毎日欠かさずこれをきき、それからというもの念仏三万遍をとなえるのを日課とした。三十三歳の時、妻子田宅を捨てて行脚に出で、初め羽黒山にのぼって岩屋の間に坐禅し、日に一食、夜も昼もほとんどやすむことなく、一心に念仏をとなえて四十八日もつづけた。ついで月山、湯殿山にのぼり、二七日の間、断食念仏を行い、つぎに奥州の蔵王山、羽後の鳥海山、信濃の浅間山、紀伊の熊野山、駿河の富士山、常陸の筑波山、加波山、上野の妙義山、相模の大山、箱根山、越中の立山などの諸名山をめぐり、どこでも三七日、または五十日、百日と練行を行った。享保五年六月、自ら刀をとって、男のだいじなものをきり取り、ついで九月、同じ出羽の宝勝禅師瑞峰和尚について戒をうけ、善を思わず悪を思わずという公案を与えられて日夜工夫、柴をかり水をくむの労をもいとわないでこれをつづけた。禅峰はもと念仏からはじめたので、いくばくもなく和尚のもとを去り、用村と和合村とに庵をかまえ、両所を往来して念仏をひろめたので、その教に帰するものが多かった。いつでもカヤを用いることなく、三日に一食で、しかも木の実、草の根をたべ、冬夏を通じてたった一枚の葛布《くずぬの》の衣をつけ、素足《すあし》であるき、厳冬になると最上川の中流に立って一七日間、声高々と念仏をとなえたから、遠近の善男善女が両岸にむれ集まって、これに唱和した。また時折は、自他の業《ごう》のさわりをのけるため、燈明を頭上にともしたり、手のひらで支え焼いて、諸仏に供養することもあった。享保十年の夏、松高山にのぼり、一七日断食、念仏十五万遍の日課をつづけるうちに、霊告をうけて、山上に鐘つき堂をたてる願を起し、ついで観音堂をたてて阿弥陀如来及び三十三体の観世音を安置した。そして堂のかたわらの岩に縦横五尺の穴をうがち、これを自らの入定の所とした。

享保十七年七月十六日、おぼんの精霊を送った夜、自ら鋭い刀をとって、まず両方の目をえぐり、次に身肉をきりきざんで、両耳、唇、舌、腕、足指など、八十七片を机上にならべ、翌日正午、道俗の人々に別れを告げ、おもむろに歩いて岩屋にいたり、悉く衣類をぬぎすててハダカとなり、西方に向って合掌、念仏をとなえながら息をひきとった。四十七歳であった。切った八十七片の肉ぎれは、縁故さきに分けて葬むり、その上に塔をたてたということである。

俳僧支考

俳人支考は、もと鎮蔵主といい、美濃国小野の大智寺の僧であった。後に獅々庵、四々庵、東花坊、西花坊、野子、盤子、蓮二、瑟々庵、華表人、桃花仙などの号があり、別に渡辺狂橘、佐渡道人とも称した。美濃渡辺氏の出身だったからである。あまり敏才であるというので、衆僧にそねまれて寺を出てしまった。

元禄三年、芭蕉の門に入り俳句を学び、ついに十哲の一人となった。伊勢の山田に居り、幻住庵をいとなみ、俳句を事として奇想人を動かした。その門流を美濃派、または獅子門統とよばれた。支考は法衣をぬいで帰俗するに当り、

　蓮の葉に小便すればお舎利かな

という一句を詠じ、また人の酒肉をたべるのを戒しめるのに対しては、

　牛になる合点じゃ朝ね夕すずみ

とむくいた。享保十六年二月、六十七歳で死んだ。

芭蕉が弟子曾良をともない、奥の細道を旅したのは元禄二年であった。それは恰も寺僧の行

脚の如く、支考を筆頭に、その跡をつぎ、紀行を残すものが多く、

支考　　　　　　　　　　　　　桃隣（陸無千鳥）

沾徳　　　　　　　　　　　　　立国（月見ガ崎）

北華（続奥の細道　一に蝶遊）　千梅（松島紀行）

馬州（奥羽笠）　　　　　　　　蓼太（奥細道拾遺）

富鈴房宋屋（杖の土）　　　　　五升庵蝶夢（松島道の記）

秀国（奥羽行記）　　　　　　　角庵行雲（笈の細道）

大江丸　　　　　　　　　　　　暁台

白雄（奥羽記行）　　　　　　　蕪村（新花摘）

一茶（奥州行脚）　　　　　　　諸九尼（秋風の記）

百明（奥往来）　　　　　　　　玉屑（東貝）

子規（はて知らずの記）

などが知られる。

黒仏さま（かくし念仏）

真宗では、腹こめの聖教というものがある。文明六年三月廿八日、越前の吉崎御坊が失火の時、あまりに急なことであったために、本向坊了顕という人が、自分の腹を切りひらいて、祖師親鸞上人このかた伝えられて来た真宗の大切な教え書きを収め、猛火につつまれながら、これを焼かずに残したのであった。

ところがそれが仏様や神様になると、自ら飛んで、火を避けた話がよく伝えられる。盛岡市の本誓寺は、もと親鸞上人の二十四輩の一人である是信房の手で、紫波郡彦部村にはじめられ、後に今のところにうつされたもので、ここに黒仏さまというものがある。これはもともと岩手県にひろく行われている「かくし念仏」の御本尊である。

「かくし念仏」は、信者たちには御内法といわれ、今では全く真宗の一派のように考えられているが、あるいは真言宗の即身成仏、つまりこの身このままで、生きながら仏になり、病気にもならず、わざわいにもかからぬ、無病息災、金剛不壊の境に入るという信仰だとも解せられる。京都のカギ屋というものが本家本元で、実は寺とか和尚さまには関係なく、全く民間人同士で行なわれる。入信を「おとりあげ」といい、子供から大人まで、暗い密室で、たった燈明の光がついたり消えたりする間に、知識さまと、お脇さまの手でとり上げられるという。知識さまは導師、お脇さまは脇師でその補助者で、いずれも民間人であり、江戸時代の後期にみちのくにはいって来ると、寺はあってもほとんど無信仰ともいうべき貧しい人々の間に、まるで枯野を行く野火のようにひろがった。しかもそれが秘密の信仰であるために、仙台藩や南部藩では、切支丹なみに迫害、処刑でこれを禁制した。しかし今でもなかなかその信仰が盛んで、部落の団結や縁族の好みなどこれにつながって結びつけられ、選挙などさえ、このイモヅルをたどって、投票をかき集めると言われる。

南の方の中心は水沢市周辺で、宝暦年間、水沢の商人五郎八（これはカクシ名でイロハをもじったものであろう）が、今の宮城県気仙沼で、江戸の商人墨屋仁兵衛から伝教したことになっている。そして宝暦十年には、もう士分のものにもひろがり、仙台の支藩留守家の家臣、山崎杢左衛門が、上京して京都のカギ屋宇兵衛から法を受け、地方に布教したことがあらわれ、仙台の刑場七北田でハリッケになった。この時一族信徒が、ひそかに引立てられた杢左衛門の水沢横町の留守宅に集まり、雨戸をしめきって、御本尊の前に燈明を点じながら、みんなで礼拝していると、夕方頃、そのロウソクがパッと消えた。そこで今、御主人が処刑されたのだと、一同悲しみにうちしめったが、またロウソクに火をつけて見ると、御本尊の脇下から胸にかけて、サッと血潮がとびかかっていた。杢左衛門はお脇さまであったという。

北の方の中心は紫波郡で、これは京都のカギ屋本山からの直伝と称するもの、黒仏さまは、火事の時に仏壇からとび出して、家の門前の池に行き、蓮の葉にくるくる包まって、それから蓮葉の黒仏さまと呼ばれるようになった。しかしこちらにも南部藩の手がのび、おも立つ人々が検挙せられたが、吟味して見ると念仏だったので、その黒仏さまをとり上げて、本誓寺に安置せられた。しかしこの寺に来てからも、また火事があって、やはり門前の蓮池までとんで、蓮の葉にくるまったことがあるという。よくよく蓮葉な黒仏さまである。

開路和尚鞭牛

耶馬溪の青の洞門は、越後高田の藩士、福原勘太夫の子、市九郎が、勘当《かんどう》をうけて江戸に出て、浅草の中川四郎兵衛に仕えて主人を殺し、のがれて豊前にいたり、僧禅海とばけて、享保十九年から三十年ばかりかかって開いたものである。岩手県の開路和尚鞭牛も、ほぼ時代を同じくし、禅海に劣らぬ一念をつらぬいた人である。

鞭牛は、宝永七年、下閉伊郡刈屋、和井内の百姓家に生まれた。今でもこの辺は岩手の僻地《へきち》で、山畑と炭やきで細い煙を立てている家が少くない。享保二年、八歳で上閉伊郡栗橋の常楽寺に入った。仏門に帰したにはちがいないが、つましいくらしの百姓家のこととて、一人でも働きのないものをよそに出して、食い扶持《ぶち》をへらすというのが、親の考えであったかも知れない。しかし人となり胆勇をもって聞え、力もつよかった鞭牛は、利発なたちで、寛保二年、九戸郡の東長寺にうつり、延享四年、三十八歳で上閉伊郡橋野の林宗寺住職となるなど、すっかり仏教が身についた。

陸中の閉伊川は、源を岩手郡の甲《かぶと》の明神に発し、北上山脈を十文字にきって、東流して宮古湾にはいる。その間およそ十五里、山が高く谷が深くせまく、けずり立てたような崖がせまって流れが早く、少し開けて人家が点々するところには、老樹の林がしげって熊がかくれ狼がすむという流域である。鞭牛の生きた時代には、ここにまだ道がなかった。南部侯の城下盛岡から、宮古の港に連絡するためには、ただわずかに飛び石を伝うて川を渡り、葛《かつら》につかまって崖をよじのぼるという風で、それこそ狐狸かトビ、鳥のように、とんだりはねたり、危難をおかして生命がけで通ったもので、そのけわしさ、長さ、耶馬の山国川にまさること数等のものであった。殊に海辺がしきりに外国船出没の報をつたえ、南部藩でもそろそろ海防に心するようになると、自然宮古、山田との往来もしげくなるというのに、その通路はうちすてられてかえりみられない。

鞭牛は仏の教を地で行って、大慈悲心と大勇猛心とをふるい起し、開路のことにとりかかった。まさに施無畏の行である。彼はつぶさに地勢をさぐり、山により川に沿うて路線を定め、宝暦八年、自らツルハシをふるって工事の第一声をあげた。力つよくそのひびきが、谷川の水に和し、山々にこだまして、その労苦たるや尋常ではない。悠然とそばたつ岩石は固い。矢のように流れる川水は、これにひたす脚をさらう。大自然を向うにまわして、人間の力はあまりにも弱い。しかし慈悲心一徹、観音力をふるう鞭牛は一歩も退かない。ある時は数日の間食を欠き、ある時は樹下石上にごろねをし、頭の髪はのびてみだれるまま、破れた衣にはシラミが湧く。艱難のかぎり、困苦のきわみをつくしつつ、一歩また一歩、ねてもさめても工事をつづける。やきつくような夏の日も、肌をさすようないてつく冬の日も、一日として休むことなく、ただ一人で、黙々として鉄槌を振った。それで初め気ちがい坊主とあざけっていた村々の人々も、鞭牛の努力と根気づよさに、かつはおどろきかつは動かされた。そして一しきりこれを手伝って見たものの、気まぐれや物ずきでできるわざではない。足もとにうずまく水の流れ、きり立つ岩のけわしさ、目がくるめいては生命がおしくなり、家を思い妻子のことを考える。工事のむずかしさにあきれて、一人、また一人、歯がかけるようにぬけて行く。

鞭牛はそれでも志をかえなかった。花輪の奥の長沢には、岩屋も掘って、その岩壁には仏像をも刻んだ。一人で経文を高らかにとなえながら、やっぱり一人になってもこつこつ工事をつづけている。村人たちはまた考えさせられた。捨てられて一人ぼっちになっても、愚直に苦難をつづけている。路が開けたからって、和尚に何の得がある。みんな村のため、村人衆生のためを思ってのことではないか。見捨てて置いては罰が当ろうというわけで、今度こそは村肝入が相談の上で、村総出で援助作業をすることになった。工事は順調に進んだが、それでもいよいよ人ばかりでなく牛馬が往来し、その背に荷物をはこばせるようになるまで、前後五年をついやした。今の宮古（閉伊）街道は、実にこうして開かれたものであった。

鞭牛はしかしこれだけで満足しなかった。明和二年には、海岸伝いに浜街道を開いた。安永六年には橋野（釜石）から鵜住居《うのずまい》まで、翌七年には鵜住居から大槌まで、ついで天明元年には大槌から吉里吉里《きりきり》まで、りっぱな道をつくって、浜の人々をよろこばせた。世にあるいは雫石から山伏峠を越えて沢内への通路、和賀川筋をさかのぼって秋田仙北への通路、和賀川の晴山から猿カ石川の谷底を通って岩根橋への通路など、けわしい路をすべて鞭牛が開いたものと伝えるのは、大師は弘法の類で、みな鞭牛に負わせたのかも知れない。

鞭牛は牧庵と号し、こうした生涯のうちにも閑日月を見出して、一千余首の和歌を詠じて二巻の歌集を残している。しかし限りなき恵みを施しながら、恵まれて布施に生きる身の悲しさに、天明三年、凶作のために病んで世を去った。七十二歳であった。

註　三陸海岸は名勝ではある。喜びも悲しみも幾歳月の哀話が秘められる燈台などのある所でもある。けれども今ですら、米に恵まれず果菜に乏しい、あわれな所なのである。昭和九年、閉伊川に沿うて宮古から盛岡まで鉄道が開通した時、猿をのせる汽車だとからかわれたという一話柄をさえ伝えている。

慶念坊の子育て

岩手県和賀郡は、親鸞上人の門弟二十四輩の一人である是信房が下向して来て、今の藤根の一ツ柏で教えをひろめたところである。同じ真宗の慶念坊《きょうねん》は、文政三年、同郡山口の百姓家に生まれ、俗称を長兵衛と名のった。幼い時から真宗に帰し、もう妻子をもってから、これを捨ててふらりと行脚の途にのぼり、仙台北山の称念寺で髪をおろして弟子入りをした。そして西国に旅して、祖師親鸞の遺跡という遺跡を、ことごとく巡拝した。人となりいつくしみ深く、その頃まだ奥州には、産児を殺したり、おろしたりする間引《まびき》の風が行なわれているのをなげき、今の宮城県下、志田、遠田、加美、黒川、栗原、桃生、牡鹿などの諸郡をめぐり、産児をもらいうけ、村々を托鉢《たくはつ》して乳をもらい、これを養育成長せしめたものが五十三人に及んだ。しかし慶念をこころよく思わないものから、切支丹であると讒訴せられて、ついに登米県庁（涌谷町の旧城内にあった）から捕えられて獄に投ぜられ、疲労のために、五十二歳で獄中に死し、涌谷の竜淵寺に葬むられた。しかし帰依の信徒は三千人にも及んだ。

一体仙台藩で、生児を養育して、人口を増加させようとしたのは、文化四年以来のことである。そしてこれに先がけて、その必要を唱えたのは、藩士の新妻元之《にいづまもとゆき》であった。元之は卯啼とも秋圃とも号し、畑中盛雄（太仲）について儒学、文芸を修めたが、ある時「節用集」をよんで、奥州の人が子を生めば圧殺するというくだりを見、奥州は八道中の大国であるのに、古来この悪習があって、改め得ないでいるというのは、まことフビンの至りで、同志を得てこの悪習を除くことは、家国に忠であり、民をいつくしむ道であると考えた。そして志を立てて、藩庁に対して生児養育の方法について議をたてまつるとともに、自ら「養育草」をあらわして、藩領の民が凶作毎に飢死するものが多く、貧しいものが生活難のために、子を捨てたり殺したりするために、人口がだんだん少くなり、富者も四人以上の子は育てず、多子のものはあざけり笑われる世風となって、このままにすてて置けば、田畑も荒れてしまいそうであることを述べた。

　そこで、藩主伊達重村はこれを憂い、悪風を改めようとしたが、侍臣吉田良智（初名山三郎、後に舎人という）も、天明三年、凶作にあたり、上書して藩府の金を出し地方に貸しつけ、その利を収めて貧しい民に施し、これを恵んで悪習を改めるように願ったから、重村はこれを実行させた。されば京都の近衛家から嫁入りして来た重村の夫人、観心院年子《のぶこ》の方が、まず化粧の料をはぶいて、赤子養育の資として二万両を出し、その子に当る桂山公斉村《なり》は、領内の僧たちを動員して村々をめぐらせ、子をいっくしむべきことを諭《さと》さしめたが、ついで斉村の子紹山公周《ちか》宗に至り、文政四年、はじめて赤子養育法を行った。それは新妻元之が考えたように、領内を四区にわかち、地区毎に赤子養育方という役を置いて、捨子、殺児の風をとりしまるとともに、女子のみごもるものあればこれを調査し、貧しいために生まれた子の養育ができないものに対しては、養育金を与えて、これを養わしめたので、一藩をあげてその仁をたたえた。ある時、養育方で、栗原郡一迫に、生児をとりあげて圧殺する子ナサセの老婆があることを耳にし、さっそくこれをとりしらべると、老婆は泣く泣く、

「私に三歳になる孫があります。両手ともテンボに生まれついたので、私の悪いことをしたむくいだと思って、今はやめて居ります」

と答えた。新妻元之は文政十一年四月、六十三歳でなくなったが、慶念坊の頃までも、まだ悪習が跡を絶たずに、こうして残っていたのである。

　奥州路のあちこち、路ばたや寺の門前など、地蔵さまのあるところに、菩提車《ぼだいぐるま》というものが立てられる。一本の柱をくって車をはめ、横木を十字形にかまえ、この横木の両端には、竹籠に小石をつめて垂れる。他国からの旅人には、現世の願いをかけるときは、車を上の方に向けてまわし、後世の願いには下の方にまわすとだけ説明したらしいが、実はこうして心を鬼にした親が、子の思い出に責めさいなまれて、その菩提のために立てたのが基らしい。心ならずも冥府に追いやられ、涙ながらに積む賽《さい》の河原の石が、わるい鬼どもにさまたげられ、くずされる。それを思うて、腸がちぎれる思いに、せめてこの世で菩提をとぶらい、石つむわざを助けようとしたものであった。もっとも今では、ただ幼くてなくなった子のために立てられる。

注　子ナサセは方言で、子を生ませる助産婦、ナスとは生むことである。テンボとは手がないこと、指がなくても、掌が

なくて腕ばかりのものにも、ひとしくテンボという。

栄存と亡霊

一

宮城県石巻市牧山の観音堂は、延暦年間奥州に下向して、夷賊高丸を平げた坂上田村麻呂が建立した、奥州七観音の一つとして知られる霊場であり、近年までその境内に、九譜のカエデという名木があった。葉が九重で、秋になるとまっかできれいな紅葉になった。

そしてこの名木は、豊臣秀吉が全盛の世、その頃、明《みん》と称したシナの五台山から献じて、大阪城内に植えられていたものであった。

然るに秀吉が病にかかると、この遺愛の名木は、片桐市正《いちのかみ》且元に与えられたが、やがて秀吉がなく

なると、且元はわるい人々の讒言に会って大阪城を退去することとなり、カエデは孫の僧栄存に分ち与えて、

「今や不運にも豊臣家のためにつくすことができなくなったが、故主秀吉公遺愛のカエデをもって、あちこちと流浪するに忍びない。これをお前にたのむから、故主とも祖父とも思って、お前の立ちのくさきざき、必ずこれをたずさえて愛護なさい。いかに尺寸の地といえども、それが片桐の家にゆかりがあるところである限り、これを植えて他に譲ることがあってはならない。もし他家の庭にうつしたら、きっと枯れ果てるけれど、その枯れたものでも、わが子孫の因縁に帰れば、再びよみがえって生えしげるであろう」

と語りきかせ、幼い姪一人とともに、名木のカエデを栄存に渡したのであった。かくて栄存は、流浪して、寛永の初め仙台に来り、天台宗の満願寺にとどまったが、若い時に琉球に渡り、道教をも修めて奥義を究め、祈禱やノロイなどの法験もあらたかであったから、次第に遠近に名が知られた。

ある時、栄存が出でて、松島の瑞岩寺に、雲居禅師をたずねたことがある。そしていろいろ対談の末、雲居は栄存の法力を示してほしいと希望したので、栄存はこれを諾し、天を仰いで印を結ぶと、見る見る四辺がかきくもり、強い風がふき出すとともに、波が狂うてさかまく姿となり、雲居禅師をとりかこみ、ものすごい光景を展開して、今にも禅師を波間に押流そうとするに至った。そして栄存の姿は消えて見えなくなったので、雲居禅師は、

「まこと御見事、奇特《きどく》のいたり」

とほめたたえた。すると座敷はもとの平静にかえり、波も風もたちまち消えてしまった。禅師は眉毛一つ動かさず、おもむろに、

「法力のほど恐れ入った次第じゃが、そなたの前途には、そなたの目には見えない魔障が横たわってござる。お気の毒だが、そのさわりのため、屍が逆しまに地にうめられ、霊魂が悪鬼となってさまように至ること、避けがたい運命じゃ」

と、泰然として力強くも言い放った。さすが法力いちじるしい栄存も、そう言われると五体がすくんで、冷汗がたらたらと流れた。

時に仙台藩では、笹町元清という武勇の士が、伊達政宗に仕えて、石巻地方に領地を与えられ、荒れていた牧山観音堂を再興することとなり、栄存を招いて中興開山ということにし、寺の名を長禅寺と名づけ深く帰依《きえ》した。しかし元清がなくなって、その子重頼が家をつぐと、親にも似ず小役人根性を発揮し、尊大で利をむさぼり、名僧栄存をとかく煙たがって、折を見てこれを遠のけようとさえ考えるようになった。目をつけたのは、名木のカエデである。重頼はこれをもらいうけ、名木を種に功名せんものと、栄存に懇望したが、もとより承諾を得られなかった。人をやってむりやりに掘り返させ、わが庭に移し植えて見たが、いくばくもなく枝葉がしおれて、まさに枯れそうになった。

「献上したとて、わが手をはなれたら、たちまち枯るるは必然。」

大言壮語する生意気な坊主と思ったが、枯れてしまっては元も子もなくなる。重頼は不快ながらも致方なく、これを牧山長禅寺に返し植えると、もりもりと精気を復して見事に生え茂っ

た。重頼はいまいましくてならない。何とぞして栄存を陥れる折もあらばと、ひそかにその機を待った。

然るにある年のこと、石巻の北上川口が流砂のためにふさがれ、船が難破することが多くなったので、藩ではこれをさらえる工事を起したが、風浪にさまたげられて工事がはかどらない。この上は神護、法力をたのむ外なし、と栄存をして祈禱せしめることとなった。栄存は川口近くに祭壇を設け、一心に修法すること二夜三日、ふしぎや風浪しずまり、工事もすらすらと進んで、砂泥がことごとくとりのけられた。そして栄存は藩公伊達忠宗の感賞にあずかり、宮城郡利府郷に領地をたまわる沙汰をも拝するに至った。しかもこの土地は肥沃の田野、笹町重頼もほしくてならなかったところであったから、ますます重頼はいまいましくてならない。そこで今度は手をかえて、土民をそそのかし、牧山長禅寺地の林の木をきらせ、境争いを起させた上に、

「栄存法印は殊勝《しゅしょう》げによそおっているが、もっての外の売僧《まいす》で、ひそかに姪のお栄をおかし、土民と利をも争う破戒のもの」

と言いふらさせた。栄存はそのために、獄屋につながれ、白洲《しらす》に立ってさばきをうけることとなった。そして僧侶の身として領主、人民と利をきそい、あまつさえ女犯破戒の罪をかさねることをとがめられ、遠島《とおしま》といわれる牡鹿《おじか》郡の地方、江の島に終身流刑に処せられた。もとより笹町重頼のでっちあげた無実の罪であって、雲居禅師もその頃はなくなったから、栄存のためにあかしをたててくれるものもなかった。

江の島へ流された栄存は、年中一日も怠らず、毎晩丑《うし》みつ時になると海水に浸り、頭上と両手にろうそくを点じ、呪文をとなえて笹町重頼一家をのろい、夜明けに至った。頭髪はしどろにみだれ、爪はのび、青黒い皮膚、やせこけて底光りするあやしい目、見るからに悪鬼のような形にかわった。そして二年ばかりを過ぎたある日、島の人々を集めて、

「わが願いが成就する日が近づいた。もうこの世を去るので、わが死後は必ず屍を逆さまに埋めてくれよ。もしこの遺言にたがわば、島にもたたりを免れないぞ」

と、言いのこして、やがて息をひきとった。折角のたのみではあれど、島の人々は死んでなお逆さまに葬むるのを気の毒に思い、普通の埋葬をしたところが、指揮をした島守が、その日熱病にかかってたちまち死し、島民もこれをわずらうものが少くなかったので、大いに恐れてまた逆さまに、遺言通りに改葬した。

こうして栄存が憤死をとげた数日後、仙台の笹町重頼の屋敷の裏山の林に光物があらわれた。近よって見ると、逆さまに杉の枝につるされた栄存の、頭と両手とに燭がちらちら燃えている姿であったから、びっくり仰天、胆をつぶして逃げ去った。その夜半、重頼がかわやに行くと、一陣の血なまぐさい風とともに、栄存の亡霊があらわれて、白い歯を見せてゲラゲラ笑っている。重頼はおどろいて寝床に入ると、眠りをなし得ない。何か知らん冷たいものが肌にさわる。見れば栄存の屍、目だけは開いてニタニタ笑っていた。重頼は枕刀をとって、抜く手も見せずきりつけたが、手ごたえがあったとよく見れば、わが夜具布団と太股《ふともも》とをきっている。こうして血を見て失神した重頼には、何もかも栄存の亡霊に見えた。嫡子彦三郎はもとより、制止す

る妻をもきり殺した。ついには己が刀で己が身をもきりきざんで悶死してしまった。彦三郎の妹に迎えてあったムコで、中島家出身の九左衛門も、故知れず行方をくらましてしまった。重頼の娘で永沼家に嫁していた者すら、その子が子守に負われて外に出で、通りすがりの旅僧ににらみつけられて絶息し、母なる笹町出身の娘もこれを気にして悶死した。病は気からかも知れないが、こうして笹町一家は死に絶え、栄存は死後ながら罪をゆるされ、牧山にまつられた。

二

備後の因島《いんのしま》あたりには、カヤ待ちと称して、夜通しカヤをつらないで、眠らずに過ごす、庚申待ちのような行事がある。それは仙台藩の分家である伊予宇和島藩の家老山家《やんべ》清兵衛公頼《きみより》(一に永頼)が、カヤの釣りてを切落され、カヤごときり殺された日を回想してのことであった。

山家清兵衛は源姓、その先は最上氏から出ている。最上左京大夫直家の第三子家信が、羽後の山本庄山家に居り、これを苗字とし、家信六世の孫河内某が、保春夫人(政宗の母)が伊達輝宗に嫁するのについて仙台に来り、伊達氏の家臣となった。河内の子が清兵衛で、祿五百石を与えられ、政宗はこれを挙げて、その子秀宗の養育係としたが、清兵衛の人となりが厳格だったので、いずれかと言えば同僚からは敬遠せられた。秀宗が十万石の大名として宇和島に分家せられると、清兵衛もこれに従い、桜田監物と共に家老となり禄千石をうけ、正道直行、あやまちを正し欠を補うためには、直言してはばからなかったから、秀宗の信頼は得たけれど、監物は深くこれをねたみ、清兵衛を煙たがる一派と謀を通じて、清兵衛を除こうといろいろザンゲンをした。そのため伊達秀宗も大いに惑うようになり、ついに暗夜、その邸を襲わしめることとなった。清兵衛は、亡霊となってこの無実を明かにしようと誓い、主命にさからわないで殺された。元和五年六月晦日のことで、あるいはこの時カヤのため自由を妨げられたとも称している。時にその子某もまた自ら腹をきり、衆に示して首をきらしめた。

ところがその夜、秀宗が床につこうとすると、清兵衛父子が、礼装端坐してその枕頭にはべり、しきりに無実の罪を訴えてやまず、その後もたびたびあらわれて、秀宗もずいぶんなやまされた。殊に翌年の元旦の儀には、やはり清兵衛が参賀して、群臣の上席に端坐している。他の人々には見えないけれど、秀宗の目には、その姿がさながら生けるが如くに見えた。かくて秀宗は、なくなられて清兵衛の忠烈もわかり深くこれに感じて、寺僧に命じていろいろ冥福を修めさせたけれど、なかなか鎮まらない。亡霊はあるいは城下市井の人について、その無実であることを言いふらさせたり、あるいはあちこちの寺社、殿堂、または藩邸などが、鳴動したり、震い動くなどのことが相つづき、殊に桜田監物及びその一味数十人のものが、後から後からと暴死したから一藩を挙げてびくびく恐れおののいた。そこで神祇伯卜部家をたのんで、怨《おん》霊《りょう》をなぐさめることとなり、地を相して社殿をいとなみ、和霊大明神としてこれを祭り、子孫には厚祿を与えた。今宇和島にある和霊社がこれで、これは和尚さんではおさまらなかった例である。

三

吾妻鏡には、これも奥州の山伏になやまされた話がある。建久四年七月三日、小栗重成の郎従が、息せききって鎌倉幕府に馳せ参じていうには、重成が狂い出したというわけである。時に重成は常陸の鹿島社の造営にあたり、やや疲労の様子であったが、神託と称して妙なツジツマの合わないことを口走るに至ったというので、重成はいく分こうした傾向の持主であったらしい。去る文治五年、源頼朝の奥州征伐に従軍して平泉に突入した時、葛西清重とともに、焼け残った一倉庫を検分したことがあった。そして藤原氏の豪富におどろきながら、清重は不縫帷、すなわち縫い目なしのカタゼラ、重成は玉幡、すなわち玉でかざったハタをそれぞれにもらい受けた。重成はその玉幡を寄進して氏寺をかざったが、ふしぎなことに、それからというもの、毎晩山伏数十人が重成の枕上に群集し、そのハタを返してくれとねだってやまなかった。こうした夢想が十数夜もつづくと、さすがの戦場の勇士も全くまいってしまって、心神違例、つまり気がふれて病気になってしまった。彼には悪意なり私意らしいものが微塵もなかったけれど、こういう症状もちで、時折発作したものかも知れない。

紅蓮尼と木の精

一

羽前の象潟《きさがた》のものと、陸前松島のものとが、伊勢参宮に出かけて、たまたま同じ宿にとまった。そして互にお国自慢をはじめたが、どちらも相手のほこりとする名所古跡を見ていなかった。そこで松島のものには男息子があり、象潟の方には娘があって、丁度年ごろもよいから、これをムコ、ヨメにして親類つきあいをしようということになった。そして帰国してから象潟のものは病気にかかったが、だんだん悪くなるばかりで、ついに松島の小太郎というものと、いいなずけになっているから、たずねて行くように娘に遺言してなくなってしまった。

娘はまだ見ぬ小太郎という若者を慕って、はるばると松島の里までたずねて来たが、小太郎もまた病死してしまって、その両親が気の毒そうに娘を見ながら、

「すまないことだけれど、約束はなかったものと思って、故里に帰り、よい世帯をもってくなさえ」

と涙ながらに言ってくれた。しかし娘も、

「親がゆるしてくれた仲ですもの、お目にはかからずに小太郎さんになくなられても、かりそめの縁とも思いませぬ。今からは小太郎さんの後生をとむらって世を送りたいから、庭の隅でもよいから置いて下さい」

と頼んで、いっかなきかない。そして象潟には帰らずに松島にとどまり、シウト、シウトメに仕えたが、その両親もなくなると、瑞岩寺に入って弟子となり、紅蓮尼《ぐれんに》と名のって、専ら念仏三昧に日を送った。

この寺の境内にある観音堂のほとりに、小太郎が子供の時分に植えた梅の木が一本あったので、紅蓮尼は朝夕その梅の木を見て、なき小太郎をしのび、その傍に心月庵を結んで起き伏しした。ある日、悲しみにたえかねて、

移し植えし花のあるじははかなきに軒ばの梅は咲かずともあれ

という歌をよんだ。するとその年から梅の花が咲かなくなった。それを見て紅蓮尼は心さびしくなり、

咲けかしな今はあるじと眺むべし軒ばの梅のあらん限りは

とよむと、今度は以前よりも多く花をつけるようになった。

二

福島県信夫郡の笹木野には、ミカドをなやまし奉ったり、またその霊が化して美男となり、一女子のもとに通ったりした大杉があったことで知られるが、八丁目にも西光寺があり、ふし

ぎな木の精の物語を伝える。もと寺の境内に年古る三本の杉の大木があったが、文化年間、住持が金につまって、これを売りはらおうとしたことがある。

いよいよソマにたのんで、これをきる段どりを進めると、三人の児童が、泣いてどこともなく寺から出て行ったという話が伝わった。この杉の木の下は、よく乞食の宿となって、杉葉をかきあつめて焚火をしながら、ガヤガヤさわぐ夜が少くなかったが、ある晩のこと、カミシモを着た若い武士が、左右にはウチカケ姿の美しい女をしたがえて、ひょっこりあらわれた。乞食どもはびっくりして口もきけない。恐ろしくて身ぶるいしながら、袖もて顔をかくしながら打伏した。暫くして顔をあげて見やると、そこには何の気配もなく、足跡らしいものも残っていなかったが、しかし気味わるさは消えらず、朝になるのを待ちかねて、里の人々にその事を告げふらした。里でも杉の老木をきり倒すことは、問題にしていたやさきで、寺の住職がきき入れないため、ついそのままに流れたが、いよいよソマが斧を入れると、そこからはげしく水が飛散して、とても顔を向けることもできない。そのうちソマはばったり倒れてしまって、戸板にのせられて帰宅した。そこで村人もそこばく金を出し合い、これを寺に寄進して、三本杉をきることを中止させた。しかし住持の和尚をはじめ、木を伐ることの世話をしたものが、次から次へと倒れてしまったので、やっぱり木の精がたたったのだと言い合った。

蛇目淵

岩手県稗貫郡八重畑の光勝寺は真言宗で、俗に五大堂の名で知られる。それは不動明王を中尊とし、東方降三世、西方大威徳、南方軍陀利、北方金剛夜叉の五大尊をまつっているからで、陸奥では、昔、蝦夷をしずめるために、五大明王をまつり五壇法を行ったこともあるから、もし本来のものが残っていたら面白いのだが、古いのは修理のために東京に送られているうちに、大正十二年の大震災で焼け失せ、すりかえられたというだけに、これをまつる方一間の仮堂とともに新しい。堂の前の石段のかたわらにある如意蒼前《にょいそうぜん》という石馬は牛馬の守護神という。毎年正月七日、堂前で行われる蘇民祭《そみんさい》というハダカのせり合いとともに、実は明治時代中期以後、この寺の住職だった赤塚宥天の手で始められたもので、歴史は新しい。蒼前社は駒形神で、馬を産するみちのくでは、到るところに祭られる。盛岡市外の鬼越《おにこり》蒼前では、毎年五月五日、チャグチャグ馬コの行事がくり返される。いつ頃のことか、沢内甚句で知られる和賀郡沢内の吉田吉左衛門というものの馬が、五月五日のお節句に、田の代《しろ》かきをさせられるのを心平かならず思ってか、急に走り出してとぶようにかけて行き、山伏峠の険をこえて、篠木の鬼越まで馳せ来り、ここで倒れたので、神馬として蒼前社に祭った。そしてこの日を祭日とし、遠近から馬を美しくかざり立て、子供をきれいによそおわせて馬にのせ、社参をする。馬の首に音のすずしいカネをつけるので、それが幾疋となくつづいて、チャグ、チャグとひびいて来るから、チャグチャグ馬コと称しているが、ここ光勝寺の蒼前にはうつされなかった。

寺のうしろの小高い丘が、鐘つき堂の跡で、それから谷に沿うて林の中の小径《こみち》をたどると、紺青の水をたたえた池があり、その奥に礎石わずかに点々と残る草むらが、昔の光勝寺の跡である。いつの頃にか、中興智空法印の愛弟子が、朝な夕な鐘つき堂に通ううち、池にすむ大蛇のために呑まれてしまった。法印は悲しみかつはいきどおり、壇を設けて大蛇の調伏の法を修むること一七日、法験あらたかに満願の日、雌雄の大蛇がもがき苦しんで、池を蹴やぶり、水に従い流れて北上川に入り、和賀郡黒岩まで下って蛇石《じゃいし》という黒い岩になった。その北上川に入った地点を蛇目淵《じゃのめふち》と称し、池から淵まで大蛇の通過した跡を、蛇ヌメリとも沢流《ざら》ともいい、今は美田が開かれて八百刈と称せられるが、そこだけは周囲にくらべると、いつも実のりがよくないとのことである。方俗水もちがわるくて、秋収の不十分な田を、笊田《ざるた》と称する。

三代実録貞観十三年五月十六日の条に、出羽国飽海《あくみ》郡大物忌《おおものいみ》神社の火災のことを記し、長さ十丈余の二大蛇が、谷川を流れ下って海に出で、無数の小蛇がこれに従ったことを伝える。昔の人にはこういう信仰があったものと見える。

第二部

錦木塚

諸国一見の僧が、今の秋田県鹿角郡で、細布と錦木とを売る夫婦にめぐり合い、錦木塚の由来を聞くというのが、謡曲「錦木」の結構である。

錦木塚というのは、鹿角郡錦木の地にあり、花輪から毛馬内へおもむく途上、路ばたの木立の中にある塚である。いろいろの伝えはあるが、この郡の郡司であった大海《おみ》という人の家に政子姫があり、織物にたくみで、白鳥の羽毛までもまじえて、狭布《けふ》の細布《ほそぬの》と称し、都までもきこえて、珍しがられるものを織り出した。然るに同じ郡草城《くさき》の里に小もんという若者があり、ふと政子姫を見そめて深く思いを寄せ、夜な夜な錦木をもたらして三年三月、一向にいらえもなくて、はや千束の錦木が門の前にうず高くつもるに至った。

この国の風、女をめとるに仲人《なこうど》というものがなく、長さ一尺ばかりの木に、色とりどりの飾りをつけて、思う女の門前にはこび置くに、女の方で同意をすればこれを納めて家の中にとり入れ、いやであればそのままにうち捨ててかえりみないならわしであった。政子姫の父は、今おちぶれて貧しくなったけれど、もとは王家の流れ郡司の家、里の庶民に娘はやれないということで、小もんが心をつくしてもたらし来る錦木を、とり入れさせもせずそのままに、門の前につみかさねて置いたのであった。

されば小もんは、とげられぬ思いに病となり、間もなく空しくなったが、姫もこれを聞いて、未来の妄執永い迷いともなろうから、出家して小もんの跡を弔おうなど思いわずらいながら、これも病の床にふし、ついではかなくなってしまった。姫の父は若い男女の志をあわれみ、比翼塚をつくって二人を埋め、その上に松と桜を植えたのが、名高い錦木塚である。

謡曲「錦木」では、塚の主は錦木を売り、細布を売る夫婦で、その由来を説明して塚にかくれる精霊である。そしてその夜、この旅僧の夢にもあらわれて、塚の中を案内して、隅から隅まで見せて、やがて昇天して行く。ついで天明けて、目がさめると、野中に塚が横たわっていたという、みちのくらしい枯枝に烏のとまったような情景に終る。めぐみといい仇という、愛と憎しみと、そうしたものを越えて、そこに一つの塚を見せる。身ぶるいのするような幕切れである。

わ

和尚と小僧

その一

昔、ある山寺に、とても鮭のすし漬けがすきな和尚さまがあった。毎年秋になって、鮭のとれる頃になると、これをしこたま買い求めて、自分でたっぷりすし漬けをこしらえたものである。しかしそれを戸だなの奥深くしまいこんで、ひとりでちびり、ちびりとたべるだけで、小僧には少しもわけてやらなかった。

ある日、和尚さまが用事のため外出することになり、小僧ひとり留守をいいつかった。

「小僧、小僧、本堂の掃除でもして置けよ。たなさがしなど、するでないぞ。」

和尚さまは、そう言い置いて出て行った。小僧はいいつけられたように、掃除をしたので、本堂がきれいになった。しかしそれもすんでしまうと、ガランとした山寺には、遊び相手も、話し相手もないから、まことに手持ぶさたであった。それでついとめられている戸だなをあけて見たのである。すし漬けのかおりが、ぷーんと鼻をついた。毎晩小僧をやすませてから、和尚さまがきこしめして、ひとり悦に入っているのは、これだなと思った。そしてよせばよいのに、つまみ食いをして見た。一つではすませない。二きれ、三きれとおいしいままに沢山たべてしまった。さてその後が大変である。小僧はどうして自分の犯跡をくらまし、和尚さまをごまかそうかと、いろいろ思案をめぐらしたあげく、本堂の観音さまの口のまわりに、すしの御飯つぶを塗って、そしらぬ顔で神妙にしていた。

「小僧、今帰ったぞ」

と夕方になって帰って来た和尚さまは、さっそく気になる戸だなをあけて見た。そしてすし漬けがたべられているのを見つけて、

「小僧、お前、たなさがししたな」

とせめつけた。小僧はもとより覚悟の前で、

「たなさがしなどしません」

と平然たるものである。

「でも、すし漬けがなくなっている。お前、たべたに違いネェ」

とたたみかけたが、

「すし漬けなんテ、私はそんなもの知りません」

と一向手ごたえがない。和尚さまはややあせり気味で、

「そんなら誰か来たか」

とたずねると、小僧は平気で、

「誰も来ません。ただ本堂で仏様がガタゴト、ガヤガヤ、音がしましたが、恐ろしい（オッカネェ）から、行って見ません」

と思うつぼに誘いこんだ。

　和尚さまは、小僧をつれて本堂に行って見た。小僧はさもびっくりした風情で、

「そーら見なされ和尚さま、観音さまが何かたべて口のあたりが御飯つぶだらけです」

というので、よく見るとなる程その通りである。そこで観音さまを成敗《せいばい》することになり、仏壇からひきおろし、木の槌でたたいて見た。「クワーン、クワーン」と鳴るばかりである。

「小僧、食わん、食わんというでないか。」

　いかにももっともらしい和尚さまの口ぶりに、小僧はぬかりがない。

「金仏《かなぶつ》に木ではいたくもかゆくもネェんでしょ。火にかけるか、釜に入れて煮るともしたら、ホンのこと言うんですべェ」

とけろりとして、大きな湯釜に火をたきはじめた。そしてそれに観音さまを入れると、いつしか湯がたぎって来て、「クタ、クタ、クタ、クタ」と音をたてて来た。小僧は得意げに、

「和尚さま、食った、食ったと白状しました」

と和尚さまをやりこめた。

その二

昔ある山寺に和尚さまと小僧とがあった。和尚さまがいるときは猫をかぶっておとなしくしている小僧たちが、ある日、和尚さまが町に出かけて留守だったので、本堂で神楽《かぐら》をして遊ぶことになった。ところがあまり大さわぎをしてあばれまわり、太鼓をつよくたたいたので、とうとう太鼓が破れてしまった。さァ大変、和尚さまがかえって来たらしかられる。しかられるばかりでなく、事によればせっかんされるかも知れない。どうしたものかと、ひたいを集めて相談したが、なかなか名案も浮ばない。そのうち表の戸がガラリとあいて、和尚さまが帰って来たので、三人の小僧たちは、声をあげて泣き出した。見れば太鼓が破れているが、こうしてさきに小僧たちに泣き出されると、ちょっとしかるはずみを失ってしまった。いたし方なく、むしろなだめて泣くのをやめさせ、涙をぬぐうてやって、アトサキにリンリンをつけて歌をうたったら許してやることにした。そこで一番目の小僧は武士の子だったので、

　リンリンと小反《ぞ》りにそった小薙刀

　一ふりふれば敵はにげリン

とうたった。

二番目の小僧は百姓の子であったから、

　リンリンと小反りにそった鎌鍬を

　一ふりふれば土は掘りリン

とついだ。

三番目の小僧はサカナ屋の息子であった。これも、

リンリンと小反りにそったカドイワシ
いびり食ったら腹がはりリン

とうまく調子をあわせた。よもやと思った和尚さまは、みんなできのよいのにおどろいて、破れた太鼓をそのままにして、小僧はしからないでしまった。カドイワシというのは、北海のニシンのことである。

その三

昔、餅ずきの和尚さまがあった。しかしそれを小僧に食わせるのが、おしくてならなかった。大抵は夜小僧がねてしまってから、ひとり火のホド（炉）で焼いてたべていたが、ある日のこと、小僧が寺にいるのに、昼に餅をたべたくなった。しかしどうも小僧のいるのが工合が悪い。何か用事をいいつけて、よそへ外出させようと思った。

丁度その時、となりで、新しい家を建てるさい中で、槌の音、柱をつり上げる綱をひくかけ声など、入りみだれていさましく聞えて来た。和尚さまはハタと思い当るふしがあり、

「小僧、小僧、となりに行ってなア、柱が何本立てられたか、しらべておいで。よくしらべて、ゆっくりしてもよいよ」

と言いつけた。小僧はへんな用事がいいつかって、さて今頃何で自分を隣家にやるのかいぶか

しがったが、しかし行って見ると、まだそれ程、柱が立っていなかったから、間もなく寺にかえって来た。

和尚さまは、小僧をうまく出してやったつもりで、タナから餅を出して、火のホドで焼きはじめたばかりのところへ、小僧がかえって来たので、うろたえて灰をかけてかくしてしまった。

「柱が何本立ったっけ。」

小僧はそれに答えもしないで、火箸をにぎって、かくしている餅の上に、一本、二本と立てたから、餅はすっかりあらわれた。和尚さまはにがい顔をして、やけた餅を小僧にも分けて食わせた。

その四

ある山寺の和尚さまは餅がすきであった。朔日《ついたち》、節句などに、ダンカから餅をもらうと、小僧にはやらないでひとりでたべてしまった。小僧たちは、和尚さまから呼ばれない限り、和尚さまの部屋に入ってはならないきまりであったが、小僧たちにして見れば、いつでも自分たちだけさきに寝かされて、その後に餅を焼いてひとりでたべている和尚さまの部屋に、何とかしてはいりこみ、餅の分け前にあずかりたいものと、いろいろと思案をめぐらした。

ある日のこと、小僧たち二人が、和尚さまに名をつけかえてもらうことになった。一人はプウ、プウ、一人はパタ、バタというへんてこな名である。和尚さまも一寸いぶかしく思ったが、小僧たちのたっての願いだったので、これから奇妙な名でよぶことになった。小僧たちにして見れば、小僧たちなりのこんたんがあってのことで、和尚さまが餅やきを始めると、よくこれをとり上げてプウ、プウとふく。そして焼けたところを手でパタ、パタとたたくので、餅を焼いているところへ顔出しのできそうな計略をめぐらして、この改名となったのであった。

しかし小僧たちのねらった機会は、なかなかめぐって来なかった。ある日のこと、夕飯を早くすました和尚さまは、小僧たちを早くやすむように促した。そしてそのあとでいつものように餅やきを始めた。だんだんぬくもりが廻って、餅がふくれて来ると、和尚さまは手にとり上げて、「プウ、プウ」と吹いたから、小僧のプウ、プウが、

「ハイ、ハイ、御用ですか」

と起きて来た。ついでとり上げた餅をパタ、パタとたたいたので、

「ハイ、私にも御用がありますか」

と、パタ、パタも起きて来た。和尚さまもかくすわけには行かない。いたし方なしに、小僧たちにも餅を分けてたべさせた。

その五

昔、ある山寺に餅ずきの和尚さまがあった。しかしとてもケチンボで、いつも小僧をねかしてしまって、それから梵妻《だいこく》と二人で、餅をついてたべるのが常であった。小僧たちは、やはり何とかして餅を分けてもらってたべたいものと、よりより相談した。そして和尚さまにたのんで、小僧たちの名をつけかえてもらった。一人はデッチリとつけて下さいとたのんだ。一人は

ボッチリ、残りの一人はヤジロウと呼ばれることにした。

ある晩のこと、和尚さまは小僧たちを早く寝間《ねま》に追いやって、大抵寝しずまった頃を見はからい、いつものように餅つきのしたくをはじめた。梵妻はもち米をセイロに入れてむし出すと、まもなく湯気がプープー立って来た。和尚さまが立ちあがって、鉢巻をしめ、肌ぬぎになってキネをもち、かけ声高らかに、

デッチリ

ボッチリ

ヤジロウ

と餅をつきはじめたからたまらない。小僧は三人そろって起上って来た。

「ハイ、ハイ、何か御用ですか。」

聞かれるまでもなく、和尚さまの計略は、すっかりばれてしまった。小僧たちは望み通りに、餅を分けてもらってたらふくたべることができた。

その六

和尚さまと小僧があった。ある時ダンカの御法事によばれて行くと、御布施《おふせ》のつつみ紙に、四貫八百と書いてあったので、和尚さまは経文を読みながら、

今日の手間《てま》は

小僧に八百

和尚に四貫
と文句《もんく》をはさんで鉦をチーンとならしたから、小僧は木魚をたたきながら、
和尚は強欲《ごうよく》だ
和尚は強欲だ
ととなえて、これにむくいた。寺に帰るとやっぱり小僧は八百文しかもらわなかったので、強欲な和尚にしかえしをしてやろうと思った。

その頃和尚さまは、門前の嫁ごと仲よしだったが、小僧はなんとかして二人の仲をさいてやろうと思った。それで毎朝、寺の井戸に水くみにくる嫁ごをつかまえ、和尚さまは嫁ごの悪口をしていると、ボガ（そら言）を吐いた。

「さっぱり美しいどこのない、みぐさい姉ッこだってよ。口があんまり大きいんだとよ。」

小僧はそう言って、嫁ごのぷんぷんおこるのを見るとうまく行ったと思った。そして和尚さまには、

「あの嫁ごは、和尚さまがいやな人だと言ってましたよ。鼻が赤くって大きいんですと」

と悪しざまに言ったからたまらない。和尚さまもすっかりおこってしまった。

あくる朝、井戸ばたで顔を洗っている和尚さまのところへ、丁度嫁ごが水くみに来た。すると嫁ごは口を手でかくして、和尚さまにあいさつ一言しなかった。和尚さまは和尚さまで、鼻が見えないように顔をそむけて、嫁ごと話もしなかった。二人はまんまと小僧の計略にかかり、それから仲たがいになってしまった。

その七

和尚さまは小僧をつれて、ダンカの御法事に出かけた。そして道には道祖神という神さまがいるから、小便してはならないものだと言ってきかせた。読経がすんで、もてなしをうけて、長い時間かかって、いよいよ寺に帰ることになると、今まではりきっていた小僧は、急に小便がしたくなった。そして畑に小便しようとすると、畑には畑の神さまがいるからと、和尚さまからとめられた。

しばらく行くと田のある所に出た。こらえている小僧は、

「田になら小便してもよいですか」

と聞くと、

「田には田の神さまばかりでなく、水神さまというものが居られて、畑よりバチがひどく当るから、やめて置きな」

と和尚さまから制せられた。小僧はいよいよこらえられなくなって、足をよちよちしながら、和尚さまのうしろから静かに歩いた。少し行くと路傍に、傘のような松があって、その下蔭に休むことになったが、もうこらえられなくなった小僧は、いきなり和尚さまの頭に小便した。和尚さまがびっくりして叱ると、小僧は、

「和尚さまの頭にはカミがいません」

とけろりとしていた。

その八

昔、豆腐ずきの和尚さまがあった。小僧を豆腐家へつかい走りをさせる時には、いつも指で合図《あいず》をした。指一本出した時には豆腐一つ、二本の時には二つというきまりであった。小僧にして見れば、いつもつかい廻されるだけで、豆腐は和尚さま一人でたべてしまうので、何とかして自分もそれをたべて見たいものと思っていた。

寺の門前には深い溝があった。山寺のこととて、それに一枚の板を渡して往来していた。小僧はその板の裏側にノコギリを入れて、和尚さまがそれを渡ると、すぐ板が折れて、溝にはまる仕組みを考えた。案の如く板を渡って溝にはまりこんだ和尚さまは、両手をあげ十本の指をのばして、救いを求めた。小僧はそれをひきあげようともせず、豆腐を十丁買って来て、かねての望みどおりにそれをたべさせてもらった。

あるいはこれが門前の板橋ではなくて、みちのくによくあるカワヤのツボの渡り板だったともいわれる。

和尚と狐

その一

福島県石城郡大浦に狐塚というものがある。鎌倉幕府の昔、最明寺入道時頼が足をとどめたところで、その頃、松魚原と称したこの地の晩春初夏の風情は、あまりにも美しかったから、入道もこれを賞して、一夜の野営をすることになった。夜がふけると、どこからあらわれたのか、数百の狐が群をなして入道の営所を囲み、何事か訴えることがあるものの如く、しきりに悲しい声で鳴きさわいだ。そこで最明寺入道は、次のような一首の和歌を詠じた。

春もきつねに舞う蝶の舞衣おのれおのれの行末を見よ（あるいは夏もきつねに鳴く蟬の唐衣おのれおのれの行末を見よ、ともいう）

するとたちまち鳴声がやんで、夜の静けさにかえった。夜が明けてから営外を見ると、狐数百、折りかさなって死んでいた。入道は大そうこれをあわれみ、従者に命じて、それを埋めさせて塚をつくってやった。ひろびろとした野中の松林に、ポツンと一つ、さびしく狐塚が、昔のことを伝えている。

その二

同じ福島県信夫郡本内に、稲荷山正福寺という禅宗寺がある。昔、この寺に古くから住んでいるいやしい僧があった。住職は何代かかわっても、この和尚さんだけは、うすぎたないナリこそしているが、久しく寺に住みついているため、村の人々の顔なじみになった。しかし何分にもだんだん年がいって来たので、いねむりをしたり、こっそり自分のヘヤに退いて、昼寝をすることが多くなった。

ある日のこと、住職が外出先から帰って来ると、この老僧の姿が見えない。またいつもの通り眠っているのか知らんと思って、そっとヘヤをのぞいて見ると、驚いたことに人間の姿ではない。けれどもとがめもしないで、さあらぬ体にしていた。すると老僧が住職の前に出て来て、「私も今まで年久しくお世話になりましたが、これもひとえにお仏さまのおかげです。けれども和尚さまのために正体を見破られてしまったので、もうつつみかかくす必要もありません。実は天竺から渡って来た千年を経た狐ですが、昔、檀特山《だんとく》でお釈迦さまの説法を聞かせていただいたことがありますので、お名残にそのお姿を描いて、お寺にのこしたいと思います」と言いながら、筆をとって釈迦如来の説法の図像をえがき、これまでの御恩を幾重にもお礼を言いながらかき消す如く失せてしまった。

そこで狐を祭って山号を稲荷と称したが、寺宝として伝えたその絵は、いつかの火事で焼け失せてしまった。

その三

昔、ある山寺に和尚さまがあった。壇家へ法事に行って、酒をふるまわれて上機嫌で帰って来るが、途中の野原でいつも狐にだまされた。そこで小僧は、ある日、野原へ行って狐をだまして捕えて来ようと、カマスを背負って出かけた。そして野原にいくと、

和尚さましやァ

和尚さましやァ

と呼ぶと、狐は和尚さまに化けて出て来たから、小僧は、

「いつもよりおそいから迎えに来ました。サア、サア、このカマスにはいって下さい。背負うてあげますから」

と、カマスの口をひろげた。化けた和尚さまの狐は、だまされるとも知らないでカマスにはいった。小僧は手早くカマスに縄をかけて、うんちき、うんちき、寺に背負って帰った。そして、

「和尚さまし、和尚さまし、狐をおさえて来たから、早くお寺をしめてくなさえ」

というので、本堂をしめきって、カマスから狐を出した。狐はおどろいて本堂中をかけめぐるので、和尚さまと小僧と二人で追いまわしたが、いつの間にか見えなくなった。さてはどこから逃げられたかと思ったが、よく見ると仏壇の上のお釈迦さまが二体になっている。今度はお釈迦さまに化けられたとさとって、小僧はまたチエを出した。

「和尚さまし、和尚さまし、ほんまの御本尊なら、お経を上げると、首をカクカク動かします

から、お経を読んでくなさえ。」

和尚さまは、「ナムカラタンノトラヤ」とお経を上げはじめたが、狐はまただまされて、ニセモノのお釈迦さまは、首をカクカクうなずくようにして見せた。それでうんとたたいて、今度こそ縄でしばり上げた。しかしこれから決してだまさないと言って、重々おわびをするので、悪い狐だけれど、お寺のことでもあるからと、生命だけは助けてやった。それからはほろよい気嫌の和尚さまばかりでなく、村の人々もだまされることがなくなった。（岩手県紫波郡地方）

その四

昔、ある野原に一疋の古狐が住んでいて、村の誰彼がよくだまされた。町から買って帰るサカナをとられたり、御祝儀によばれての帰りに懐中もの（引出物）がなくなったり、みんな困ったあげく、村人総出で狐を巻狩りする相談がまとまって、それをやって見たけれど、やっぱり逃げられてしまった。

丁度そこへ一人の琵琶法師が、琵琶を背負って通りかかった。そしてその騒ぎを聞いて、

「これこれ村の衆、多勢で何をめさるか」

とたずねると、人々はこの原の悪い古狐を退治したいのだが、なかなか捕えることができないことを答えた。

そこで法師は、

「私がつかまえて上げるから、白い布の袋と、鼠の天プラとをこしらえて来て下さい。私には

酒と肴とをもって来てゴチソウしてくなせい」

という註文をした。人々は言われた通りのものをととのえて、法師に狐退治をたのんだ。

夕方である。法師は白布の袋の奥の方へ、鼠の天プラを入れ、その前でチピリチピリ酒をのみながら、時々琵琶をジャラ、ジャンとならしながら、歌を口ずさんでいた。すると狐どもは、鼠の天プラがプンプンとにおいがするので、遠方からも集まって来た。法師はメクラでよく見えないけれど、狐らしいことにかんづいた。

「どなたさまか知れないが、私もゴチソウをいただいているから、皆さまもおあがり下さい。袋の中には天プラもあるはずだから。」

狐どもはこう言われるまでもなく、天プラがたべたくてしかたがない。しかし琵琶歌に合わせて、おどりをおどるように見せかけ、

グェンコ、グェンコ

グェンコラヤァ

と調子をとりながら、その実だんだん足音をごまかして、袋の中にはいって行った。法師は耳をすまして、なるべく沢山袋の中に入った頃を見すまして、袋の口を固くしめた。そしてウンと琵琶をひきながら、

村の衆達な申し

早く大きな槌ゥ

持って来もせァじァ

野中のゥ悪狐どもァ
みんな袋さへし込んだァ

と声をはり上げて歌った。すると村の人々は、大きな槌をもってはせ集まって来て、法師の琵琶の音に合わせながら音頭とりとり、袋の中の狐どもをみんな槌でたたき殺してしまった。

（同県上閉伊郡地方）

その五

昔、ある山寺にズイテンという小僧があった。和尚さまが外出したあとを一人で留守しているると、きっと狐が庫裡《くり》の口へ来て、ズイテン、ズイテンと呼んだ。あまり憎らしいので、小僧は本堂へまわって窓からのぞいて見ると、狐は入口の扉を背にして立っている。そして太い尻尾で戸をこすると、ズイという音がする。それから頭を戸にぶつけると、テンという音がした。賢い小僧だから、すぐ今度はそっと入口にまわって、扉の側に立っていた。そしてズイという音がしたので、ガラリと戸をあけると、テンと戸をたたこうとした狐は、庫裡の内庭へころげこんだ。すぐ戸をしめて狐をつかまえようとしたが、そのうち狐の姿が見えなくなった。それで本堂に行って見ると、いつの間にか、本尊のお釈迦さまが二つになっている。どちらが本ものかわからぬほど、狐が巧みに化けている。小僧は、

「うちの御本尊さまは、おつとめをすると、喜んでペロペロ舌を出すから、すぐわかる」

と言いながら、ポク、ポクと木魚をたたいて、お経を読みはじめた。すると狐はうまくだまさ

れて、急いで長い舌を出した。それでこれからうちの御本尊さまに、庫裡の方で仏供をさし上げますから、狐の化けたのは残して置いてと言いながら、小僧は台所の方へさっさとひき上げたので、いよいよニセモノの御本尊さまはのっぴきならなくなり、のこのこと歩いて出て来た。それではまず行水からさし上げますと、抱いて土間の大釜の中に入れ、しっかりとフタをしめて、どんどん火をたいた。和尚さまが帰って来た時には、狐のマル煮ができていた。（羽前地方）

本文中、現在では用いられない表記・表現がありますが、刊行当時の資料的意味と時代性を尊重し、そのままにしてあります。ご了承ください。

また、再刊にあたり、連絡のとれない関係者のかたがいらっしゃいます。ご存じの方がおられましたら、弊社までご連絡ください。

（編集部注）

［新版］日本の民話　別巻3
みちのくの和尚たち

一九五八年三月一〇日初版第一刷発行
二〇一七年五月一五日新版第一刷発行

定　価　本体二〇〇〇円＋税

編　者　及川《おいかわ》儀《ぎ》右衛《え》門《もん》

発行者　西谷能英

発行所　株式会社　未來社
〒一一二―〇〇〇二
東京都文京区小石川三―七―二
電話（〇三）三八一四―五五二一（代表）
振替〇〇一七〇―三―八七三八五
http://www.miraisha.co.jp/
info@miraisha.co.jp

装　幀　伊勢功治

印刷・製本　萩原印刷

ISBN978-4-624-93578-8 C0391

［新版］日本の民話

（消費税別）

1 信濃の民話 ＊二二〇〇円
2 岩手の民話 ＊二〇〇〇円
3 越後の民話 第一集 ＊二二〇〇円
4 伊豆の民話 ＊二〇〇〇円
5 讃岐の民話 ＊二〇〇〇円
6 出羽の民話 ＊二〇〇〇円
7 津軽の民話 ＊二〇〇〇円
8 阿波の民話 第一集 ＊二〇〇〇円
9 伊豫の民話 ＊二二〇〇円
10 秋田の民話 ＊二二〇〇円
11 沖縄の民話 ＊二〇〇〇円
12 出雲の民話 ＊二〇〇〇円
13 福島の民話 第一集 ＊二〇〇〇円
14 日向の民話 第一集 ＊二〇〇〇円
15 飛驒の民話 ＊二二〇〇円
16 大阪の民話 ＊二〇〇〇円
17 甲斐の民話 ＊二〇〇〇円
18 佐渡の民話 第一集 ＊二〇〇〇円
19 神奈川の民話 ＊二〇〇〇円
20 上州の民話 第一集 ＊二〇〇〇円
21 加賀・能登の民話 第一集 ＊二二〇〇円
22 安芸・備後の民話 第一集 ＊二二〇〇円
23 安芸・備後の民話 第二集 ＊二〇〇〇円
24 宮城の民話 ＊二二〇〇円
25 兵庫の民話 ＊二〇〇〇円
26 房総の民話 ＊二〇〇〇円

＊＝既刊

27　肥後の民話　＊二〇〇〇円
28　薩摩・大隅の民話　＊二〇〇〇円
29　周防・長門の民話　第一集　＊二二〇〇円
30　福岡の民話　第一集　＊二〇〇〇円
31　伊勢・志摩の民話　＊二〇〇〇円
32　栃木の民話　第一集　＊二〇〇〇円
33　種子島の民話　第一集　＊二〇〇〇円
34　種子島の民話　第二集　＊二〇〇〇円
35　越中の民話　第一集　＊二二〇〇円
36　岡山の民話　＊二〇〇〇円
37　屋久島の民話　第一集　＊二〇〇〇円
38　屋久島の民話　第二集　＊二〇〇〇円
39　栃木の民話　第二集　＊二二〇〇円
40　八丈島の民話　＊二〇〇〇円
41　京都の民話　＊二〇〇〇円

42　福島の民話　第二集　＊二〇〇〇円
43　日向の民話　第二集　＊二〇〇〇円
44　若狭・越前の民話　第一集　＊二二〇〇円
45　阿波の民話　第二集　＊二〇〇〇円
46　周防・長門の民話　第二集　＊二二〇〇円
47　天草の民話　＊二〇〇〇円
48　長崎の民話　＊二〇〇〇円
49　大分の民話　第一集　＊二〇〇〇円
50　遠江・駿河の民話　＊二〇〇〇円
51　美濃の民話　第一集　＊二〇〇〇円
52　福岡の民話　第二集　＊二二〇〇円
53　土佐の民話　第一集　＊二二〇〇円
54　土佐の民話　第二集　＊二二〇〇円
55　越中の民話　第二集　＊二〇〇〇円
56　紀州の民話　＊二〇〇〇円

57 埼玉の民話 *二〇〇〇円
58 加賀・能登の民話 第二集 *二二〇〇円
59 大分の民話 第二集 *二〇〇〇円
60 佐賀の民話 第一集 *二〇〇〇円
61 鳥取の民話 *二〇〇〇円
62 茨城の民話 第一集 *二二〇〇円
63 美濃の民話 第二集 *二〇〇〇円
64 上州の民話 第二集 *二〇〇〇円
65 三河の民話 *二二〇〇円
66 尾張の民話 *二二〇〇円
67 石見の民話 第一集 *二〇〇〇円
68 石見の民話 第二集 *二〇〇〇円
69 佐渡の民話 第二集 *二〇〇〇円
70 越後の民話 第二集 *二〇〇〇円
71 佐賀の民話 第二集 *二〇〇〇円

---

72 茨城の民話 第二集 *二〇〇〇円
73 若狭・越前の民話 第二集 *二〇〇〇円
74 近江の民話 *二〇〇〇円
75 奈良の民話 *二〇〇〇円
別巻1 みちのくの民話 *二〇〇〇円
別巻2 みちのくの長者たち *二〇〇〇円
別巻3 みちのくの和尚たち *二〇〇〇円
別巻4 みちのくの百姓たち *二〇〇〇円